星に降る雪

池澤夏樹

角川文庫
17813

目次

星に降る雪

目が覚めて窓の外を見ると今日もまた雪だった。

雪は白いというけれどそれは地面に積もった時の話で降ってくる時は灰色。雲で満たされた背景の空よりも一段と暗い灰色に見える。

ここは日本海側で、普段から雪が多いことは知っていた。山の中だから春まで景色は白一色とわかっていたのだが、今年は格段に雪が多いと土地の人たちが言う。彼自身は初めての冬だからこの果てしない降雪にただあきれるばかり。

ここに来るに際して、自分は雪に囲まれても大丈夫だろうかと心配した。急に恐怖に駆られたらどうすればいいのか。しかし降ってくる雪もここから見る山を覆った雪も踏んで歩く雪も、彼を動揺させることはなかった。白だけの静かな風景は好ましいものだった。自分の暮らしの背景として合っていると思った。

普通に起きて宿舎の食堂で朝食を済ませた。数名と挨拶《あいさつ》を交わす。いつもの作業用の服装の上にダウン・ジャケットを着て、ブーツを履き、降る雪の中を五分ほど離れたセンターまで歩いて行った。

朝の打合せに運営部の河西《かわにし》のところに顔を出した。同僚の篠崎《しのざき》が先に来ていた。

「観測については普通の一日だな。特別な連絡は入っていない」と河西が言う。

天文台では、時に集中的に観測すべき事象についての連絡が他の施設から入ることがある。それを受けて世界中の観測施設が待機する。地球が自転して自分が最適の観測位置に来るのを待つ。

しかしここは二十四時間、全方位からの事象を観測している。ここの本体である眼にとっては地球は自分たちを埋め込んだ透明な球体だった。眼はこの雪国の頭上だけでなく対蹠《たいせき》点に当たる南米の空をも地球を透かして見ている。

河西はいくつかの連絡事項をメモを見ながら読み上げていった。彼も手元でメモしながら聞く。

「ええと、ライナックのTMPの動作が不安定だと山岡《やまおか》君が言ってきている。充分に引けていないらしい。今日行ったら見てくれます?」

そう言われて彼はうなずいた。

「TMPって、ターボ分子ポンプですね。梨本《なしもと》さんの方でも用事があるから今日は山に入るつもりでした。TMPの不具合というと電源系かな。あれは機械的には単純な構造だから」

「梨本君は何？」

「新しいミラー保持装置の搬入のことで、現場で相談したいという話です」

「そう」と言って河西は手元のメモを見た。「ああ、大事なことだ。今日から道路が使えない。雪のせいだ。われわれも鉱山のトロッコで行くことになった。きみはまだ乗ったことがない？」

「ええ」

「最近はめったに使わないから」

「道路が使えないって、除雪が間に合わないのかな？」と篠崎が聞いた。

「いや。途中が雪崩の危険があるから当分の間は通行禁止と町役場が言ってきた。トロッコは定期便が午前十一時と午後四時で、その間も要請すればいつでも臨時便を出してくれることになっている」

「旧技術は天変地異に強いな」と彼は言った。普通の声だと思った。

自分が動揺していないことを確かめる。雪崩という言葉だけでパニックにはならない。大丈夫だ。

いつもは車で山道を登ってトンネルに入って現場に行く。去年、その山道を遊び半分に徒歩で下りたことがあった。その時はまだ秋だったから雪はなかった。今あそこを歩いていて、雪が上からどっと崩れてきて……

「それはそうでしょ」と篠崎が言う。「ここのトロッコはぜんぶトンネルの中なんだから雪崩は恐くない。前に立山《たてやま》砂防のトロッコに乗ったことがある。あそこは露出だから雪崩が恐い」

ここの仲間は彼の体験のことを知らない。

「トロッコのトンネルは天井が低くて恐くないか？　頭上の山が迫ってくるみたいな」と河西が言う。

「そんなこと言ったらここでは働けないさ」

それはそうだ。ここは鉱山だ。

眼は複眼。一万以上の目の集まり。宇宙全体を見るために実際は地下千メートルの闇をじっと見ている。最初にこの施設のことを聞いた時、この矛盾に惹《ひ》かれた。地下に潜るのは余計なものを見ないためだ。眼は遠い星からのニュートリノを見る。そのために巨大なタンクに五万トンの水を湛《たた》えて、その水を無数の目が見つめている。そこで一瞬きらめく微細な光を待っている。ニュートリノ以外のものが水の中で光らないようニュートリノしか入れない深い地下に潜る。この微粒子にとっては千メートルの岩盤も直径一万三千キロの地球もないに等しい。すべてをすり抜け、ごくたまに電子や原子核にぶつかって光子に変わる。それを眼は見る。その瞬間以外は徹底した闇の中で眼は目を凝らしてまばたきもせず待っている。

彼はいつもの入口ではなく、山の反対側にある鉱山口まで車で行った。

トロッコと呼ぶとチャチな印象だが、実際はがっちりした造りの軽便鉄道だった。電池式の機関車兼貨車が一台と有蓋《ゆうがい》の客車が一台。

運転する鉱山の荒垣《あらがき》課長とは、坑内で時おり会って挨拶をする仲だ。

「先生、初めてですよね」

自分の場合は先生ではないんだがと思いながら、それを言うのもことを煩雑にするからと考える。研究者は先生だが、保守と管理が仕事の自分はそうではない。

「ええ。お世話になります。今でも毎日運転しているんですね」

鉱山はもう採掘はしていない。数年前に採算が合わなくなったと聞いている。今は近くにある精錬工場で輸入した鉱石から亜鉛を作っている。その一方で不要になった旧坑道などを会社が維持管理し、それを研究所が借りているということらしい。

「ええ、こういうもんはね、動かしてないと使えなくなるんですよ。あっちの自動車のトンネルがあればこっちはいらんようなもんだが、でも、今回なぞ、ほれ、役に立つでしょ」

「まったく。その火というのは何？」

彼は機関車の真ん中に据えられた頑丈そうな鉄の箱に書かれた文字を指して聞いた。

「ああ、あれは火薬の火の字《か》でね。鉱石を掘っていた時はこれで発破用の火薬を運んでいたから。火薬は厳重管理ですからね。今は坑内のみんなの弁当運ぶだけだけど」

そう言って荒垣課長は笑った。

その便で狭い客車に乗ったのは四人だった。彼と、三日前に来た短期滞在のドイツ人の研究者とその案内役の宮内《みやうち》という院生、それに鉱山側から木村《きむら》というこれも顔見知りの人が乗った。道路が使えないとわかって九時半に臨時便を出すことになり、通常の坑内勤務の人たちはそれで行ったと木村が言った。

三キロの道のりを二十分かけて走る。途中で二度ほど停まって、運転する荒垣課長が下りて手動で線路を切り換えた。

その転轍機《てんてつき》のところには明かりがあったが、後はずっと闇。木村だけが大きな懐中電灯を点灯していた。

「昔はこの中では明かりも点《つ》けず、真っ暗なままでねえ」と木村が言った。「どういうわけか、この車内ではみんなじっと黙っとるんですよ。喋《しゃべ》るなという決まりがあるわけでもないのに、坑内に入る時も出る時も誰も口をきかなかったな」

ビニールを張った後ろの窓から見ると、入口がぽつんと白い小さな点のように見えた。トンネルはまっすぐ水平に延びているらしい。

着いてしまうと普段と同じ。逆の側から入ってきたから、いつも自動車用のトンネルで到着するところまでは五分ほど歩くことになった。
その道のりを前後して歩いていた宮内が声を掛けてきた。
「田村《たむら》さん、お願いがあるんですが」
「なんですか？」
「ぼくはこの人を案内して中をざっと見せるんだけど、ご一緒していただけません
か？　いざとなったら知らないことばかりみたいな気がしてきて。質問に答えられな
いと困るでしょ」
今日は定期的な点検だけで、それ以外は所長に言われた真空ポンプの不具合の問題
と梨本との打合せ。どちらも午後でいい。
「全行程、一時間という予定です」と宮内はたたみかける。
「ぼくのいつもの順路に沿って歩いてくれるならいいですよ。ただ観測理論なんかを
ぼくはまったく知らない。まして素粒子は」
「それは」と言って宮内は口ごもる。「機器一つずつについての工学的な知識がぼく
にはないんです。田村さんはお詳しいでしょ。この人だって日々しているのはセンタ
ーで出力されるデータの解析で、それでもここの施設ぜんたいの実感がつかみたいと
いうので連れてきたんですから。専門は陽子崩壊だそうです」
彼はいくつかの機材の点検をしながら、ドイツ人と宮内を連れて施設内を回った。

問題がありそうなところだけメモしておいて、後からまた来ることにする。

「ここですね」と宮内が言った。

「そう、この下です」

この下に五万トンの純水を湛えたタンクがある。

中は真の闇で、だから見ることはできない。見えればもうそれは闇ではないわけだからハイゼンベルク的な矛盾だと誰かが言っていた。

去年の秋、水を抜きながら上の段から直径五十センチの目を、つまりPMTこと光電子倍増管を、増設する工事が行われた。その時、彼は中に入って休止している目と向き合った。目は彼を見なかった。いわば瞑目《めいもく》して、また闇がタンクの中を満たすのを待っていた。

各機器の役割や性能などについてドイツ人の研究者はよく予習してきたようだった。彼の言葉を訳す宮内の言葉をうなずいて聞くだけで特に質問をするわけでもない。

タンクの真上に行った。タンク内に入る必要が生じた時に使う吊《つ》り下げ型のゴンドラが置いてあり、天井には走行クレーン用の梁《はり》が走っているその広い部屋で、ドイツ人はしばらく何か考えていた。

「しばらくの間ここにいていいか？」

宮内ではなく彼にそう聞いた。英語だったので理解するのに少し時間がかかった。

「ええ、どうぞ」と答える。

ドイツ人は隅の方に無造作に置いてあったパイプ椅子に坐《すわ》って、目を閉じた。

下の闇の空間を想像している。いつも自分がするのと同じことをしている、と彼は思った。そのためにここまで来たんだ。こいつもメッセージを待っているのか。

椅子に坐って、目を閉じ、自分の真下、直径四十メートル、高さも四十メートルの空間を水が満たし闇が満たしていることを心像として結ぶ。一瞬のチェレンコフ光を目が捕らえるところを想像する。ごくほのかなその光も目には眩《まぶ》しい輝きとして見えるのだ。

目が光を感知し、それを前処理モジュールに報告し、データがオンライン計算機からオンラインホスト計算機を経由して、山の外のオフライン計算機に送られ、最後には磁気テープライブラリーに蓄えられる。あるいはいくつもの解析用計算機に配布される。そうやって研究者は取り組むべき多量のデータを得る。

ミューとタウの間のニュートリノ振動、二重ベータ崩壊、超新星爆発、暗黒物質、一平方センチあたり毎秒六百六十億個ずつ降り注いでいる太陽ニュートリノ、大統一理論……たくさんの研究分野がそのデータを待っている。

いつか自分がメッセージを受け取る。データとは別の言葉を受け取る。今はそのメッセージはまだ来ない。しかしいつか来る。だから待っている。待つ姿勢を自分で確認するために、時々あの椅子に坐って下の暗い空間を想像し、一瞬の光を想像し、ニュートリノの数万光年ないし数億光年の旅路を想像する。彼らが故郷で託されたメッセージのことを考える。

ドイツ人は身を硬くして、ずっとそこに坐っていた。瞑想《めいそう》しているように見えた。宮内ははじめ怪訝《けげん》な顔をして、しばらく待ってから声を掛けかけたが、彼が手で制するとふらっと隣の資材室の方へ行ってしまった。坐った男の周囲に広がる静かな、何も起こらない、しかし緊張した空気感を察知して耐えきれなくなったのかもしれない。

彼は瞑想するドイツ人をずっと立って見ていた。その男を見ていることが今日の自分にとっての瞑想であるように思われた。彼の身体《からだ》の中を毎秒数兆個のニュートリノが走り抜ける。時おり、彼の体内でチェレンコフの光がまたたく。彼の内臓がそれを見る。

翌日の土曜日、彼は車で四十分の空港まで行った。

大牧亜矢子《おおまきあやこ》が週末に遊びに行きたいというメールを寄越したのがこの前の月曜日だった。彼女がどういうつもりかよくわからなかったけれど、土曜日曜は仕事はないし、そんなに遠くへ行くのでなければ相手をするのに支障はない。

亜矢子は小さめの旅行鞄《かばん》を右手に提げ、左手にふくらんだ真っ白なダウン・ジャケットを抱えて出てきた。セーターはくすんだ赤で、足下はしっかりした山靴。頭にはぴったりした紫の帽子。

着ているものはもちろん夏と違うが、表情は半年前に会った時と変わっていない。にこにこしているけれど、どこか空っぽの感じがまだ残っている。自分も人から見たらそういう顔に見えるのだろうかと彼は思った。

夏に会った時は亜矢子はぼんやりしていた。一緒にいた尾方《おがた》の方が元気で普通だったのに、彼女は何に対しても関心がないように見えた。

あれがまだ終わっていない。彼にとってと同じようにこの人にとっても終わっていないとその時に思った。

その印象が半年後の今になってもなお続いている。

「ひさしぶり」

「大牧さん、元気そうですね」と彼は言った。

「何も変わらないわ。あなたは？」

「こちらもあまり変わらない」

そう言って、お互いまだあれを引きずっていることを確認する。それを認めたくない気持ちも強いのだが。

「メールにも書いたけれど、少しだけ雪山を歩きませんか？」

「わたしも何も考えてないの。お顔を見たいと思っただけ」

「ではとりあえず山に。簡単な弁当を用意しておいた」

気温は零下二度だから、そんなに寒いわけではないし、風もなかった。この服装ならば外を歩かせることもできそうだ。

車を出して二十分ほどで国道は山に入った。右も左も斜面で、どこも分厚く雪に覆われている。

「雪は恐くない？」

「少し。でも大丈夫だと思う。ちょっと自分を試してみたいとも思ってきたの。あなたは？」

「秋に職場を変える時、冬になって雪が降って、自分がそれを恐いと思ったらどうしようかと心配したけれど、結局はなんともなかった」

「そうなの」と亜矢子はうなずいた。「それで、こちらではどんなお仕事？」

「同じようなことですよ。観測機材の整備と簡単な修理。研究計画に合わせた機材の設計や発注や配備。研究者たちが効率的に観測できるよう気を配る」

「やっぱり星でしょ？」

「ええ。前のところは電波望遠鏡だった。ここはニュートリノ望遠鏡と重力波望遠鏡。

どっちも一種の天文台というところは違わない」

「電波天文台、好きだったわ」

「夏だったし。あそこはパラボラ・アンテナがずらっと並んでいて、風景としてもいいし」

「子供たちが並んで、みんなお行儀よく空の方に耳を向けて何か聴いているみたいだった。大きなお母さんアンテナもいたわね」

「ここは何も見せるものがないんですよ。ぜんぶ山の地下で、地上には何もない。地下に行っても望遠鏡の本体は密閉されていて見えない。外の世界から遮断された五万トンの水のタンク」

「そこでも何か聴いているの？」

「聴くというより視《み》るかな。そこでは真の闇の中で、一万一千二百個の目が視ている。水の中の一瞬の光を待っている」

「でもその機械は見えないのね」

「そう。すべてが闇の中だから」

亜矢子からメールを受け取った時は、どうしようかと迷った。そして、何がどうなるにしても会って悪いことはあるまいと思った。

「山というほどでなくて、丘の道を歩くだけだけど大丈夫？」

「ええ。そんなに心配してくれなくても。歩けますし、歩きたい」

国道から県道に入って、しばらく行ったところで路肩の広いところに車を停めた。降りて、後部からかんじきを二組出す。デイパックを背負いながら、かんじきを亜矢子に渡した。

その時になって気がついたのだが、彼女は左の耳にだけイヤホンをはめていた。帽子の中へコードが延びていて、右の耳の分はぶらぶら下がっている。かすかに音楽が聞こえる。

「用意してくれたの?」とかんじきを手にして聞いた。

「研究所の備品。今まで使ったことはないんだけど、隅の方に置いてあったから」

かんじきを履いて県道から林道に入る。新雪が積もったばかりだからかんじきなしでは歩けない。

「一時間だけ登りましょう。道はなだらかだし、ここは雪崩の心配はない」

亜矢子は黙ってうなずき、しゃがんでかんじきを履きはじめた。

空が晴れているのがよかった。青空を背景に雪の積もった木々の枝は日を浴びて純白に輝き、時おりのわずかな風に粉雪が舞うのも美しかった。山だけ見ていればいいのだ。

彼が先に立って登る。かんじきを履いても根雪の上に三十センチほど積もった新雪の中を行くのは楽ではない。先行者がいると後の者はずっと歩きやすくなる。前後して歩いていると話はできない。それでなくとも登りだから息が切れて会話はむずかしい。ともかくもここは歩くことと景色を楽しめばいいのだと思いながら先に進んだ。

周囲の山を見ながらどうしても新庄《しんじょう》のことを考える。

新庄がいなければ今ここで亜矢子と二人で山道を歩くことにはならなかったし、新庄が今もいればやはりこの二人で歩くことにはならなかった。

後ろで亜矢子もたぶん同じことを考えている。さっき空港で会った時からずっと、新庄の名はどちらも口にしていない。雪崩という言葉は使ったが新庄の名はまだ出てこない。

一時間以上登ったところで、彼は振り向いた。

「休みましょう」

「ええ。かんじきって、足が痛くなるのよね。ここのところが」と言って足にぴったりしたスパッツの腿《もも》のあたりをたたく亜矢子の手の動きを彼は見ていた。

道の脇の平らなところをかんじきを脱いだ靴で踏み固め、ディパックから断熱シートを出して敷く。サーモスのコーヒーとサンドイッチの包みを出す。

「すみません。わたしが用意すればよかったのに」

「ここは田舎だから、あんまりいい材料がなくて」

それでも空腹と軽い疲れの後でサンドイッチはうまかったし、熱いコーヒーは身体を温めた。

「きみと新庄の仲は長かったの？」

ここに坐《すわ》ってコーヒーを飲んでいても、二人ではなく三人に思える。この二人の間に新庄がいる。それは亜矢子も知っている。それならば、話題にしてしまった方がいい。あれからそろそろ二年になるのだし。

「いえ。たった二か月。あの前の年のクリスマスから。ほんとうに始まったばかりだったの。田村さんは彼とは長かったでしょう？」

「ぼくとあいつは高校以来。二十年。まあ社会に出てからは年に二、三度会って、年に一度は一緒に山に行くくらいだったけど」

だったと過去形で言ったことをすぐに意識する。それでいいんだ。

「他の連中とは会っている？」

「いいえ。尾方さんともあの夏の時かぎり。山にも行かないし、わたし、ひっそりと暮らしているわ」

彼女の口調には何かざらっとしたものが混じっていて、それを彼は感知する。

「その耳のは何？」

「ああ、これ、iPodのイヤホン。わたし、あれ以来こうやって音楽を聴いていないと不安でしかたがなくなってしまって。何でもかんでも入れておいて、シャッフル・モードで流しているの」

そういうことか。

「田村さんはどうして山で暮らしているの？」

「見つけた職場がたまたま山の中だった」

「いえ、尾方さんが言ってたわ。あのことの後で田村さんはそれまでの仕事を辞めて電波天文台に行ったって。それも一年半で辞めてもっと山の中の別の職場に移った。それ以来ぜんぜん下りてこない。東京に来ない。あいつは変わった」

「ぼくは技術職員だから、仕事なら東京でもある。もともとは観測機器を設計して製作する会社にいた。今はこの山の中で何でも屋をやっているのがいちばんいい」

「なぜ？」

「星に近い」

「新庄さんに、哲之《てつゆき》さんに取り憑《つ》かれているんじゃないかって」

「尾方がそう言っていた？」

「ええ」

「きみは新庄に取り憑かれている？」

「いいえ。ロマンチックに幽霊を慕ったってどうにもならない。二か月の仲だったんだし。たぶんもう忘れました。でも、何をしても手応《てごた》えがなくて」

彼は黙っていた。

「でも田村さんを見ていると哲之さんを思い出すわ」

「それでぼくの顔を見に来た？」

「いいえ。なぜ田村さんが山にいるか気になったの。電波天文台でもそう思った。なぜここにいるんだろうって」

「星に近いから。さあ、下りましょう。坐ったままだと身体が冷えてくる」


一時間後、二人はスカイドームにいた。

ニュートリノ望遠鏡のパブリシティーのために町の人たちが造った施設で、実物の五十分の一の模型がある。

「こんなものなの」と亜矢子が言った。

「こんなものですよ」

「中に入ったことある？」

「去年、一度、増設工事のために水を抜いた。その時に入った」

「どんな感じ？」

「あの模型のとおり壁一面に目が並んでいる。四十メートルの底に坐って、この中がすっかり闇というところを想像して、そこでチェレンコフ光が燦《きら》めくところを想像した。星とつながるという幻想。むしろ妄想」

「星が近いのね」

「基本的には待ちの施設なんですよ、ここは」と口調を変えて言った。「今の天文観測の現場でいちばん派手なイベントは超新星爆発というのだけど、これがいつ起こるかわからない。世界のたくさんの天文台がそれを待っている。五分後かもしれないし、十年後かもしれない。それくらいの頻度」

「何が起こるの？」

「空の一角にいきなりものすごく明るい星が現れる。だから新星。別格の明るさだから超新星。しかし実際にはそれは星の最期。燃え尽きる時の輝き」

「最後に輝くのね」

　あのイヤホン、外さないかな。

「このイベントはいきなり起こるんだけれど、ここのニュートリノ望遠鏡がしっかり見ていると数時間か一日かそれが早くわかって世界中の望遠鏡に予報が出せる。超新星爆発は星の中心から始まる。まず中心が自分の重力に負けて原子核まで崩壊する。大量のエネルギーとたくさんのニュートリノが発生する。しかし星は大きいから、その衝撃波が星の表面に達するのに数時間から一日くらいかかる。その時はじめて現象として外から見えるようになる。でもニュートリノはどんなものの中でも通り抜けるから、爆発の瞬間に中心をスタートし、星の本体をすり抜けて、一足先に宇宙に広がる。それを捕まえれば数時間から一日だけ遅れて届く光や電波の現象の予報ができる。世界中の望遠鏡にその方向を向いて待てと言える」

「あなたもそれを待っているの？」

「その時にはぼくの出番はない。ぼくは研究者ではない。いわば消防自動車の整備工であって、消防士ではない。火事だと言って興奮するみんなを背後から見ているだろう」

「ではなぜここにいるの？」

それは言えない。言っても彼女にはわからない。あのドイツ人は言わないでもわかった。あの男とはもう会うこともないだろうが。

しばらく二人は黙っていた。

真冬のこんな施設で、展示室には他の観光客はいない。

彼の体内を縦横に無数のニュートリノが駆け抜け、小さな光がまたたいた。

「田村さん」と亜矢子が小さな声で言う。「わたし、今夜、高山《たかやま》に宿を取ってあるんです」

「ああ、そうか。送りますよ。一時間ほどだから」

「ええ」と言って亜矢子は下を向いた。

しばらくして、耳のイヤホンを取って、顔を上げた。

「あの、いきなりの変なお願いだけど……一緒に泊まってくれませんか？　もっとお話がしたい」

「え？」

「去年の夏に電波天文台で会ってから、ずっとあなたのことを考えていました。好きになったとかいうことではない。哲之さんの代わりと思ったのでももちろんないわ。でも、あんなことを体験して、たぶんわたしとあなたがあれでいちばん大きな影響を受けたと思うの。あなたは親友を失い、わたしは恋人を失った。雪崩に巻き込まれたのは六人だけど、死んだのは哲之さんだけ」

彼はうなずいた。しかし、自分がこの山の中にいるのは新庄のためではない。新庄を失った衝撃は大きかったけれど、でもそのためではない。雪崩で死にかけたことが別のものを自分の中に残していった。

「あの後であなたのふるまいが変わったと尾方さんから聞いて、わたしはずっと気になっていた。わたし、自分も辛《つら》かったし、まだあの体験を引きずっていると思う。それで、どこかで自分を閉じこめている殻を壊さなければならないとずっと考えてきた。

でもその方法がわからないんです。それで、自分の殻をあなたの殻にぶつけてみたらと思った」

この二人が話すことに意味があるか。殻同士をぶつけるなんて、加速器みたいだ。

それでも彼は亜矢子の話を聞きながら、一泊という提案を受けいれるつもりになった。あの時起こったことについては自分の方も知らないことがある。これまでは敢《あ》えて知ろうとしなかったが、もう解禁してもいいかもしれない。

彼は承知した。

亜矢子はその場で宿に電話をして、もう一つ部屋を確保した。

彼は変わらないだろう。山を下りはしないだろう。

しかし亜矢子の殻を壊すことはできるかもしれない。押し開いて、ぶつけて、亜矢子を世間に向けて解き放つ。彼女は普通の生きかたに戻れるかもしれない。死んだ新庄哲之はそれを望んでいるかもしれない。

実際にはこれまで数回しか話をしたことのない相手だった。しかし、あの雪崩が長いつきあいの代わりになる。もっとも深い傷を残した二人というのはたぶん正しいだろう。それがたまたま男と女だった。

それならば、一夜の宿もいいか。地上のことにはどうしたってたいした意味はないのだから。

一泊分の着替えを用意するために宿舎に寄った。

誰かに見られるとちょっと困るかなと考えた。普段から下界と没交渉で暮らしている彼のことを陰でみんなが仙人と呼んでいるのは知っていた。若い女と一泊の旅に出たとなると噂になるかもしれない。

しかし週末の宿舎には誰もいなかった。

着替えを積んですぐに走り出す。

高山の宿までのドライブの間、二人ともほとんど口をきかなかった。

亜矢子の耳にはあのイヤホンがつながっている。

彼はふだんから車で音楽を聴く習慣がないから、CDの類《たぐい》も何も積んでない。ラジオもつけたことがない。音はなければない方がいい。山の沈黙。

亜矢子がどれくらい真剣に耳の音楽を聴いているのかはわからなかったけれど、彼女は黙ったままじっと前の道を見ていた。

早い夕暮れが迫り、雪の山はみな濃灰色に沈んでいた。葉を落とした木々が山肌に生えた剛毛のように見えた。あの粗さ、喩《たと》えれば猪だろうか。熊かもしれない。

宿は高山の町から少し山に入ったところにある小さな温泉場なの、と亜矢子が低い声で言った。ウェブサイトからダウンロードしてプリントした地図を持っていて、近くまで行ったらそれを見ながら指示を出すという。

高山に近づき、彼女の簡潔で正確な指示のおかげで宿にはなんなく着いた。

部屋に通され、食事までの小一時間をどう過ごそうかと考える。近所を散策するには寒すぎる。

「お風呂《ふろ》よ。ここは温泉だもの」

「風呂って嫌いなんだ」

「温泉も？」

「ああ。学生時代以来初めてかな、温泉に来たのは。ゼミの仲間に無理に連れていかれたことが一度あった」

「また無理に連れて来られたのね。お気の毒」

それでも二人で立って大浴場に向かい、男女に別れる。

ざっと身体を洗って、大きな湯船に入ると、もうすることがなかった。温泉は所在ないものだ。

出る時に部屋から持ってきた浴衣《ゆかた》と丹前に着替えた。こうすると雰囲気が出るかと思ったが、気分はあまり変わらない。

自分の部屋でぼさっと過ごす。

亜矢子は長い風呂から食事の直前に戻ってきて声を掛けた。

さすがに耳にはイヤホンはない。

料理は郷土的でなかなかうまかったし、地元の酒も合っていた。亜矢子はずいぶん飲む方で、こちらはむしろ感心して見ながら相伴する感じ。

二人ともごくあたりさわりのない話題しか出さない。過去のことといえばずっと小学生の時期まで遡《さかのぼ》るし、今の生活についても話すことはあまりない。いちばん大事な話を先延ばしにしている。

「飛騨《ひだ》の高山でしょ、ここは」

「そう」

「味噌《みそ》買い橋の話、知っている？」

「みそかいばし？」

「そういう名前の橋があったの。今はどうなのかしら。高山からちょっと離れた山の中に住む若者がね（この温泉あたりだったかもしれないけど）、夢を見るの。高山の町に行って味噌買い橋のたもとに立っていると福を授かる、という神様のお告げ」

「うん」

「それで山を下りて高山に行って、味噌買い橋のたもとで立っているの。でも何も起こらない。次の日もまた橋のところで立って待っていた。やっぱりダメ」

風呂と食事と酒で上気した亜矢子の顔をぼんやりと見ている。

「三日目も何も起こらない。でもずっと橋のところに立ってるのよ、なにしろ純朴な若者だから。夢のお告げを信じているの。するとね、その日の夕方、橋のところにある豆腐屋のおやじが声を掛けたの――おまえ、毎日そこにぼさっと立って何をしているのだ、と」

「なるほど」

「で、若者は自分の見た夢のことを説明する。豆腐屋のおやじは、おまえは愚か者だと言う。夢など当てにする者は愚か者だ。わしは昨夜、宝を授かる夢を見たが、だからといってわざわざそれを探しに行きはせぬ」

そこで亜矢子はちょっと間をおいて杯を口に運んだ。

「どんな夢でしたか、と若者は聞いた。おやじは説明する――乗鞍《のりくら》の方のある村になんとかという正直な若い衆がおって、その家の柿の木の下に小判の詰まった壺《つぼ》が埋まっているとか、そんな夢だ。だがなあ、わしは乗鞍は知らんし、その若い衆も知らぬ。夢などいらぬものだよ。おまえもまあ忘れるこったな」

「わかった」

「わかったでしょ。二段階で実現する夢なのよ」

地球の上でそういう夢が見られた間はよかったと思う。今はもう誰もそんな夢は見ない。そういう時代は終わってしまった。だから人はみんなこんなにも荒《すさ》んだ顔をしている。

食事の後、亜矢子はまた風呂に行った。

それならばと思って、彼も風呂に行くことにした。誰もいない大きな湯船を泳いで往復し、しばらく脱衣所で裸で立ったままほてった身体が冷えるのを待った。

部屋に戻ると食卓は片づけられ、布団が一組敷いてあった。荷物を置いただけの彼の部屋の方にも敷いてあるだろう。

かつて人は夢を見ることができたし、夢を交換することもできた。星からのメッセージを間違いなく聞き取ることができた。だからそのメッセージを土台にして作られた昔の宗教は本当に人を救う力をもっていたし、人はどんな暴力の中にあっても救いを信じることができた。今はそうじゃない。今はなにもかも駄目だ。

ぼんやりとそんなことを考えていると、意外に早く亜矢子が戻ってきた。

彼の前に来て、きちんと正座する。

「そんなつもりでお誘いしたわけではないんだけれど、お風呂の中でいろいろ考えました。田村さん、大事な話をする前にわたしを抱いてくれませんか？」

そういう展開を考えなかったわけではない。しかし自分から言い出すつもりはなかった。

「ともかくあなたのお顔を見ようと思って来て、その後はここで一泊して帰ろうと思った。でも、あの時のことを詳しく話したくなった。だから宿にお誘いして、今はこんなことを言っているの。その方がお互い心の深いところのことが言えるような気がする。わたし、とんでもないことを言っている？」

「わかった。やってみよう。できるかどうかわからないけれど」

「話したいことがある。でもなかなか言葉にできない。何かが邪魔している。ずっとあのことを考えていた。あれについて話せる相手はあなたしかいない。ほんとは哲之さんと話したいけど、彼とは話せないから。なぜ彼がいなくなったかという話なんだから」

それは闇を見ようとするようなこと、見えたら闇ではなくなる。ハイゼンベルクの矛盾だ、と思う。凝視するほど闇は濃くなる。

「でも、本当に大事なことを話すほどあなたとは親しくない。だからこんなことをお願いしたの」

「まずは親しくなろうと思って？」

「というより、本当はわたしとあなたはもう親しいの。あの体験を共有しているから。でもそれは何かの裏に隠されている」

「それを表に出すのか」

「勇気が要ったけど、でもさっき、あの見学施設で話したいと思った。あなたが変わってしまったという尾方さんの言葉も気になっていた。あなたは何か秘密を知っているのかもしれないと思った」

「何の秘密？」

「山の。あの雪崩の」

「こちらにおいで」と言った。

亜矢子は立ち上がり、壁際のスイッチで明かりを消して、着ているものを脱いだ。窓の雪明かりにシルエットが浮かんだ。

亜矢子が明かりを消したのは正しかった。

暗い方がいいのだ。これからすることは一種の儀式なのだ。ある種の観測のように闇の中でないとできない儀式もある。

自分も立って、着ていたものを脱ぎ、寝床の中の亜矢子の横に入る。

手を伸ばして、身体にそっと触れた。女の身体だ。この滑らかさ、この温かさ。柔らかくて弾む触感。その奥の骨の剛性。

最初は不安だった。

ずっとこういうことをしていないし、初めての相手だし、彼女の性格などほとんど知らない。あの山行きの二か月前に新庄の恋人になった女だ。

自分が不器用なことはわかっていた。この行為は男の方が能動的なもので、だから失敗するとすればそれはたいてい男の責任になる。そう考えて、考えすぎて神経質になればいよいよよくない結果に終わる。

興奮しなくてはいけない。興奮しすぎてはいけない。変身して、収まるべきところに収まり、一定時間はその状態を保たなければならない。

しかし、実際に亜矢子の身体に接してみると、危惧《きぐ》はすぐに消え、彼は力を発揮した。身体中の皮膚が活性化してそこから強い官能の波動が体内を駆けめぐった。

これに任せておけばいいんだ。

亜矢子は積極的なパートナーだった。愛撫《あいぶ》を返し、あおり、じらし、導き、身体の動きの一つごとに声をたてて快感を表明した。何かの球技のように快感が二人の間を行き来して、そのたびにボールは大きくなっていった。雪の斜面で雪玉を転がすと下に行くにつれてどんどん大きくなる。その光景が増幅される快感に重なった。

それでも、ことは彼のコントロール下にある。

こういう場合に馬を乗りこなすという比喩《ひゆ》を使うけれど、野卑なようであれは当たっているのだ。そう思うほどの余裕が途中で生じた。自分の方が馬でもいい。ともかく感情を乗せた二つの肉体が相互に意思を通わせて、エネルギーと快感を交換して、羽ばたいて遠くまで行く。

宙を駆ける。

身体が熱くなって、寝具をはねのけた。

汗で滑る身体を力を込めてつかむ。体重をかけて押さえ込む。

両の手のひらの間に亜矢子の骨盤の幅を感じ取った。尻《しり》を引き寄せる際、相手の身体の慣性を自分の腰で受け止めた。

と思う間もなく亜矢子はそのまま くるりと上に乗って彼をしっかりと押さえ込んだ。動かない。すべての動きを封じて二人で彫像になる。

しばらくの間、動きが禁止された。

快楽の意識がずっと遠くで美しい音で鳴っていた。

これはいい、とてもうまくいっていると思いながら、馬に運ばれているのではなく自分が馬を御しているのだと確かめる。互いが馬で互いが騎手。これまでこんな風に乗れたことがあっただろうか。

長い長い騎乗のあげく、そろそろ終わりにしようという了解を言葉を介することなく伝えあい、それを機に動きの速度が上がった。

津波が狭い湾の奥に追い込まれてぐんぐん潮位を増して陸地に駆け上がるように、快楽のレベルが上がる。

最後のところで、自分の体内を無数の小さな動物が群れをなして走り回っているという幻想を彼は感知した。

しばらく黙ったまま、汗が引くのを待つ。

二人とも暗い天井を見ている。

儀式は終わった。儀式以上だったか。

伸ばした腕の上に亜矢子の重みがかかっている。

「すごかったわ」

ずいぶんたってから亜矢子がかすれた声で言った。

「ああ、うまくいった」

亜矢子がこちらに向き直った。

「あれから、ずっと空っぽだった」と彼の顔のすぐ前で言った。

そう聞いて、すーっと身体が冷えた。

一瞬であの時に思いが戻った。

亜矢子は身を引き離し、彼の腕を返し、窓からの淡い明かりの中で互いの顔が見える距離まで引いてこちらを見た。

雪明かりは意外に明るい。目が慣れたせいもある。

「自分が前とはすっかり違う自分になってしまって、あれ以前の知り合いとうまく話ができない。だからわたしも職場を変えたの。慰めの言葉を掛けられるたびに、相手をぶんなぐりたくなった。何もわかっていないくせにと思って、ぶっとばしたくなった。ごめんなさい、ひどい言葉を使って」

「いいよ。わかるよ」

「ほんと、そうだったの。自分の体験も誰にも話せない。ずっと黙っていた。去年の夏の野辺山《のべやま》でも、尾方さんもいたのに、あの時のことは話題にしなかったわね」

「言わないようにしていた」

「哲之さんを失ったことだけでなく、山であんな目にあったことを人に言えない。あなたにになら言えるし、話が聞ける。ねえ、あの時、本当は何が起こったの？」

そう問われて、あの日のことが急に具体的に迫った。

「あなたはどういう体験をしたの？　話せる？　それともあなたも恐い？」

しばらく黙って考える。恐くはない。話せるだろう、あるところまでは。

「きみが知らないことはないと思うけど。六人だったね。新庄、尾方、山村《やまむら》、片岡美《かたおかみ》佐《さ》、ぼくときみ。この順序で歩いていた。山は右側、左が谷。新庄はリーダーだから先頭に立っていた。ぼくはしんがりの役で、でもきみが少し遅れて後ろにいるのを知っていた。さほどの遅れではないから気にしなかった」

「そう」

「きっかけがあったわけではない。雪崩は大声がきっかけでさえ起こるというけど、誰も声なんか出さなかった。新雪を踏んで黙々と歩いていた」

光景がまざまざと思い浮かぶ。記憶がその光景を作っている。あれから頭の中で何度も辿《たど》り直して、でも誰にも言わなかったこと。

「最初は遠い轟音《ごうおん》が足下の雪面から伝わってくるみたいな感じだった。最初に気づいたのは新庄だったな。右上を見上げる彼の動きがみなに伝播《でんぱ》した。誰かがオオーッと言った。ぼくが見た時は雪の壁はまだ百メートルほど上にあった。でも一瞬で目前に迫った」

「そうだった」と亜矢子が言った。

彼はうなずく。闇の中でもお互いは見えている。

「わたしには壁というより雲のように見えたわ」と亜矢子は続けた。「粉雪が舞って空の半分を満たした、みたいな感じ。でも、その雲に谷へたたき落とされたの」

しばらくの沈黙。あの時の戦慄《せんりつ》を思い出して、ふと亜矢子の温かい裸体を抱き寄せようとして、思いとどまる。

今は話す時だ。

「迫った時、いちおうは身構えたんだ。だけどそんなことはまったく意味がなかった。大きなものがどーんとぶつかってきて、持ち上げられて、巻き込まれて、落ちた。恐怖で身体ぜんたいが引き締まった。それからずーっと、延々と、落ちていった。くるくる回って、手と足が別々の方に引っ張られた。恐くて、焦った。そこまでは覚えている」

二人ともほとんど囁《ささや》くような小さな声で話していた。まるで立ち聞きする天使たちに聞かれてはいけないかのように。

「そのところ、わたしは覚えていない」と言って、亜矢子は起き上がった。布団の上に坐《すわ》る。その腿《もも》に彼は手を置いた。

「覚えているのは、気が付いた時、すごく静かだったこと。ふっと気が付いて、自分に返ってみると、谷のずっと下でふわふわの雪の上に転がっていた。ザックはなかったし、かんじきも片っぽがなかった」

亜矢子の話を聞く。

彼の方には話すことがない。

「わたしは落ちてきた雪の下ではなくてその上にいたの。ラッキーだった。それで、起き上がって、しばらく雪の上に坐っていた。茫然《ぼうぜん》として動けなかったのよ、どうにも。ボーゼンってああいうことだわ」

彼が黙って聞いているので、亜矢子は話し続けた。

「ずっと遠くで何かが動いたの。赤い色が動いて、あれは誰か仲間だと思った。それで気が付いてみると、雪の上に点々といろんなものが散らばっていた。みんな派手な色。山登りの道具がどうして派手な色かわかったわ」

亜矢子が呼吸を整える。彼はそれを待つ。

「動いたのは美佐さんだった。その姿を見て、ああ雪崩だったんだと思った。うかつというか、変よね。上で巻き込まれた時にはもちろん雪崩とわかっていたんだけど、でも言葉になってなかった感じ。あれだわ、あれ、って思っただけ。でもその時になってナダレという言葉になった」

黙って話の続きを促した。

「美佐さんと一緒になりたいと思った。でも彼女はずっと下の方にいて、あそこまで下りるとまた登るのが大変。そう思った。そして、その時になってようやく気づいたの。自分には意識がある。何が起こったかわかっている。美佐さんは大丈夫みたい。他のみんなはどうなの」

その間を自分は知らない。

「別のところでまた誰かが動いた。尾方さん。わたしより少しだけ上の方だったんで、そこへ行こうと思った。美佐さんは下の方だったし、きっと男の人にすがりたいと思ったのね」

あの日は快晴で空はとても青かった。

「尾方さんの方に行こうと思って、身を起こして、片っぽだけのかんじきで苦労して歩きはじめた。ふわふわの雪だから、半分は泳ぐようなものよ」

そう言いながら、亜矢子は手を伸ばして腿の上の彼の手をつかんだ。力を入れて握ったが、それは彼にはほとんど無意識の動作のように思われた。

「その途中で、雪の中にザックを見つけたの。半分くらい見えていた。引っ張ってみたらころっと出てきた。そこで気が付いたのよ、こうやって人も埋まっているんだって。仲間が雪に埋められているんだって」

「新庄のこと？」

「いいえ、その時は誰ということも考えなかった。ともかく、美佐さんと尾方さんとわたし以外はみんな雪の下にいる。そう思って、必死で雪の上にあるものを一つずつ確かめていった。軽い小さなものばかり」

その時間は自分からは失われている。

「遠くでおーいという声がして、それが山村さんだったの。雪崩だーって言っていた。わかっているって言いたかったけど、でも人の言葉を聞いて元気が出た」

それで？

「靴が見えたの。ザックやかんじきは身体から離れるけれど、登山靴はふつうは脱げない。そう思って、その靴のところまで行った。距離三十メートル、標高差五メートルだったかしら。登りよ。五メートルでもきつかった。そこへ行って靴を持って引っ張ったけど、動かない。靴の先に足があって身体がある。装備ではなくて生きた誰かだとわかった。最初は引き出そうと思った。でも掘り出すしかないとわかった。それで大声で尾方さんと山村さんを呼んだ。二人が来るまでの間も必死で掘ったわ。道具なんかないから両手で雪を掘った。ふわふわの雪だったし」

そのおかげで自分は助かった。

「それがあなただったの」

「ちゃんと礼を言ってなかったかな」

言ったかもしれない。事故の後で会うことはあった。その時に言ったかもしれない。

命の恩人。

「最後は三人で足をつかんで上半身を引っ張り出したの。ずずー、って感じだった」

「ぼくじゃなくて新庄だったらって思わなかった?」

「思ったわ。顔を見てじゃなかった。掘っている途中で服の色からあなただってわかったの。哲之さんはどこだろうって頭の隅で思った。でも、やっぱり目の前に生きるか死ぬかの人がいたら、まずそちらに力を注ぐのよ。だから、あなたを尾方さんと山村さんに任せて哲之さんを探しには行かなかった」

新庄は雪解けまで見つからなかった。ずっと後、春になってから葬儀が行われた。その葬儀に彼は行かなかった。

「あなたにとってはどうだったの、巻き込まれた後は？」

横を向いて亜矢子の顔を見上げていたのだが、少し向きを変え、背中を布団につけて天井を見た。

高い天井は闇だった。黒い闇。何も見えない。

あの時に雪の中で見ていたのは白い闇だった。白い闇を見ていた。

いや、何も見ていなかった。

「覚えていないんだ。雪崩が上から襲ってきたところまでは覚えている。光景が目に浮かぶ。その先は何もない。まったく」

亜矢子がうなずいた。

「仮死状態だったわ。心臓は動いていたけれど、呼吸はしていない。すぐ横の雪を踏み固めて、そこに寝かせて尾方さんが人工呼吸をした。二十回くらいで自分で呼吸を始めた。でも意識が戻らない」

「そうだったか」

「尾方さんが耳元で大きな声で呼んだわ。そしたら少し身体が動いたの」

「どのくらいだっただろう？」

「雪崩から？」

「ああ、意識を失っていたのは」

「すごく長く思えたけれど、せいぜい十五分くらいではない？　みんなで並んで歩いていた時がとっても遠いように感じた。戻りたいのに戻れないと思った」

「そうか」

「そしてあなたは、目を開けてすぐ、新庄は？　って聞いたの」

「え？」

「みんなの顔をちゃんと見てそこに誰がいて誰がいないかわかる前に、いきなり哲之さんのことを聞いた。それで尾方さんが、山村が探しているって言った。山村さんと美佐さんが雪の上をうろうろしていた。散らばった荷物を一つずつ見ていた。でも哲之さんは見つからなかった」

「そういう詳しいことをきみは警察に話した？」

「山村さんが代表して話したみたい。わたしがあなたと病院に行っている間に。捜索隊が哲之さんを探している間に。事故だから尋問じゃなかったって後で言ってたわ。事情聴取。山を歩いていたら雪崩に遭った。そういうことよ」

「病院に行ったのも覚えていない」

「お葬式にどうして来なかったの？　みんなが変に思っていたわ。一番の親友だったんでしょ」

「行く気になれなかった」

「彼が死んだことを認めたくないとか？」

「それは違う」

亜矢子は黙った。

怒っているのかもしれない。

葬儀に行かなかったことを。その理由をここで説明しないことを。

「ぼくたちは自力で下山したんだったな」

「そうよ。あなたが歩けるって言ったから、尾方さんが現場に残って哲之さんを探して、山村さんが先頭になってわたしたちは山を下りた。残って哲之さんを探そうと思ったのに、尾方さんがいけないって言った。あの時、尾方さんはもう諦《あきら》めていたのかもしれない。会わせたくなかったのかもしれない」

彼はうなずいた。

「かんじきは片っぽなかったけど、道まで戻ったら登って来た時の六人分のラッセル跡が残ってて、そんなに歩きにくくはなかった。黙ったまま歩いたわ。車のところまで二時間ほどで着いた。そこが携帯の圏内だったんで、警察を呼んだ。雪を踏んで下りながら、ずっと哲之さんが見つかっているといいと考えていた。その一方で無理だとも考えていた。雪崩はとてもたくさんの雪に見えたし」

そう、たくさんの雪だ、あれは。

「こういうことをみんな覚えていないの？」

「記憶にない」

「知ろうとしなかったの？　尾方さんに聞いたりして」

「聞きたくなかった」

亜矢子はしばらく黙った。

怒っているのか。

「どうしてあんなことが起こったの？　わたしはあれからずっと考えている。でもわからない。どうしてあの時に雪崩が起きて、哲之さんが死んだの？　教えて」

「どうして新庄ではなくぼくが死ななかったか？」

「そんなことは言わないわ。ぜんぶ偶然だと言えば済むことよ」

偶然なんてものはない。すべては必然。

「なぜなの？　あなたなら答えてくれると思った。わたしはまだあの時のことに取り憑《つ》かれているの」

「それはぼくも同じだ」

「なぜかわからなくて？」

「いや」

「今のわたしの説明で何かわかった？」

「いや。臨死体験で何かすごいものを見たのならよかったんだけど、そんなこともなかった。あの時ではないんだ」

話そうかやめようかと迷う。

新庄の恋人だったということは、おれの話がわかるような女だということだろうか。

そうかもしれない。違うかもしれない。

彼は野辺山の一夜のことを亜矢子に話すことにした。

山の事故から二か月ほどたった頃、見た目は普通の生活に戻ってから、納入した機器の調整のことで東京から野辺山の電波天文台に行った。

まだあそこで働くようになる前、観測機器の会社に籍があった頃だ。一種のセールス・エンジニア。

冬は終わっていなくて、だからその時も雪が恐いかと思ったけれど、野辺山はあまり雪が積もるところではない。八ヶ岳《やつがたけ》の上の方はもちろん真っ白だったが、天文台のあたりはほとんど積もっていなかった。風景は枯れた草の色だ。

車に大きな測定器を積んでいって、仕事は夕方には終わった。無理をすれば東京に帰れるが、泊まるのなら天文台の宿舎がある。彼は泊まる方を選んだ。

宿舎の食堂で知り合いの職員や研究者と食事を終えて、借りた部屋に戻った。テレビは見ない。読むものも持ってこなかった。寝るには早い。

少し寒いけれど厚手の衣類は車に積んであったし、外を歩いてみようと思った。

駐車場に行って車からダウンのジャケットを出してセーターの上に着る。前のジッパーをきちんと閉める。

研究棟などの明かりが見えないところまで行こうと思って、しばらくはただ歩いた。新月の時期で月は出ていなかったが、すぐ目が慣れた。舗装した道ならば星明かりと夜光で充分に歩けた。

並んだいくつものパラボラ・アンテナに沿ってずっと敷地の外れの方へ歩く。この小さなパラボラの列は電波ヘリオグラフ、太陽を観測するものだから、夜の間は休んでいる。日が沈むと南天の定位置を向いて待つ。夜明けになるとみんな揃って東の地平線に向いて、日中はずっと太陽を追う。今は寝ている。八十四人の子供たちがお行儀よく正座したまま眠っている。

アンテナの列に沿って幅二メートルほどの保守用の道路が延びている。

その終点に行くまで空を見なかった。禁欲的に下を向いてひたすら足を運んだ。

そこまで行って、初めて上を見た。

にぎやかな星空だった。

漆黒なのに、空はこれ以上黒いことはあり得ないというほど黒いのに、その黒には何の実在感もなくて、その奥に無限に小さい光源が無数に並んでいる。

微分的な矛盾がそのまま光景になっている。

星と星の間に視線でいくら分け入ってもまだまだ小さな暗い星がある。

一つ一つの星がみんな何かを伝えようと躍起になっている。星はどれもすごく饒《じょう》舌《ぜつ》なのに、その言葉は解けない暗号のように思われた。もどかしい。

身体が冷えていくのを感じながらじっと見ていた。

そして、わかった。

そうだったのか！

無数のメッセージがいきなり心の中に充満した。それがどっと降ってきて、彼の心を押し倒し、押し流し、上からのしかかって埋めた。

あの時と同じだ、と思った。あの雪崩の時と同じ。

星空が美しいことが大事なんだ。

他ではぜったいに見られない。

これを見るためにおれの眼はある。

それにしても、どうしてこんなに美しいのだろう。この夜空をそういう風に見る力をおれはどこで得たのだろう？

今夜なぜここまで歩いてきたんだ？　その衝動はどこから湧いた？

ぜんぶ同じだ。あの雪崩に埋まっていた時と同じ。あの時のことは何も覚えていない。しかし、白い雪の闇の中でこういう体験をしたのだ。そこでおまえは問いを発した。その答えが今、こうして返ってきた。星のメッセージと雪のメッセージは同じだ。どちらも意味に満ち、どちらも意味がない。地上的には意味がない。それは向こう側でしか意味を持たない。

これでいいんだ。

ずっと気づかないまま、おまえはこれを待っていた。そういうことだった。

この啓示の準備のためにあの雪崩はあった。メッセージはこういう形で届けられる。それを待て、とあの雪崩はまず予告として伝えた。だから今夜、何かに誘われるようにここまで出てきた。この星空に会いに来た。

やがてもっと明快なメッセージが来る。

それを待てばいいんだ。

自分の頭が少しおかしくなっているのかと思って、星から目をそらして、すぐ先の林のシルエットを見る。暗くてほとんど見えない足下の地面を見る。

それでもメッセージの流入は変わらなかった。フラックスの強度は変わらない。

滔々《とうとう》と流れ込んでいる。デジタル以前の言いかたをすれば、計測器の針が振り切れるほどだ。

それは彼の全身を至福感で埋め尽くすほどの流れだった。すべてはこれのためだったのか。

あの雪崩の中で鍵《かぎ》を受け取った。その鍵で今夜この星空への扉を開いた。鍵を手渡して、新庄は向こう側へ旅立った。雪の中で意識を失っている間にその受け渡しが行われた。だから目覚めた時にまず最初に「新庄は？」と聞いたのだ。彼が旅立ったことを知っていたから。雪の下で別れの言葉を聞いたから。

この星空が次の鍵になる。

「わからないわ」と亜矢子が言った。「ぜんぜんわからない」

布団の上に坐《すわ》って浴衣《ゆかた》を羽織っている。明かりは点《つ》けないまま。

「そう」

やはりわからないか。

「星のメッセージって何なの？　哲之さんは何を言って死んだの？」

わかれという方が無理か。

「地上の日々には意味がない。それはただ正しい方法で旅立つための準備の時間で、だから人はただ待つしかない」

「哲之さんがそう言ったの？」

「言わなかった。口から耳への言葉では言わなかったし、手紙でも電話でもeメールでも言わなかった。そんなのじゃないんだ、これは」

「あなたの勝手な思い込みじゃない。わたしは哲之さんとそんなことを話したことはなかった。あの人は普通の、聡明《そうめい》で健全な人だったわ。あ、ごめんなさい。そういう意味じゃないの。あなたが……」

「いいよ。わかってる」

「でも、人は旅立ちを待ちはしないのよ。地上でつつましく健全に暮らして、最後に老いて死ぬの」

「いや、言ったかもしれない。あの時、新庄はやがておまえにもメッセージが来ると言ったのかもしれない。あれはそういう意味だったのかもしれない」

「あれって？」

「あいつ、前に一度、死にかけているんだ、事故で」

「山で？」

「いや。パラグライダー」

「そんな話、聞いたことがなかった。何なの、それ？」

「大きな翼にぶら下がって飛ぶんだ。一人乗りの軽いグライダーみたいなもの」

「それをやっていたの？」

「その事故を機に止《や》めた。五年くらい前かな。しばらくしてその話を聞いた」

「明かりを点けていい？」と亜矢子が聞いた。「なんだか恐くなったの」

「いいよ。眩《まぶ》しいぞ、最初は」

亜矢子が立っていって、「目を閉じて」と言ってから壁のスイッチを入れた。

目を閉じていても目蓋《まぶた》の裏が真っ赤に見えた。

自分の血の色だ。

「もう少し暗くならないのかしら」と言いながら亜矢子が明かりのところから下がった紐《ひも》を引くと、小さな常夜灯に切り替わった。

「これでいいわ。聞かせて」

そう言って、浴衣の前をかき合わせた姿で、両膝《りょうひざ》を合わせて立てて壁に背中をもたせかけた。

「パラグライダーは滑空する。普通はエンジンはついていない。高い崖《がけ》の上から風に向かって飛び出すのが離陸。そのままならば飛び回りながら降下するだけ。そして着陸場に降りる。でも、上昇気流があると降下の途中でもっと高いところへ上がることもできる。天気がいい日には上昇気流が生じるから、飛びながらそれを探すんだって」

「あなたもやってたの?」

「いや。ぼくは山専門だ。パラのことはあいつの話を聞いた後で少し調べた。上昇気流のことを彼らはサーマルと呼ぶんだが、うまくサーマルをつかまえるとすごい高さまで上がれるし、それを繰り返すと長く飛べて遠くまで行ける。気流といったってあぶくみたいなものらしい。お湯の中を上るあぶく」

「落ちたの、哲之さん?」と亜矢子は彼の顔をじっと見て聞いた。

「逆だ。上がりすぎた。天に向かう急行エレベーターに乗ってしまって降りられなくなった」

亜矢子は黙って聞いていた。

「サーマルといっても、どれにでも乗ればいいというものではない。大きくて恐いのもある。あいつは相当なベテランで、だから結構ラフな体験もあったらしい。その日は朝から晴天で地面はすっかり暖まっていた。あちらこちらに強いサーマルが発生していた」

あの時の新庄の話をなるべく正確に再現しながら話す。よく細部まで覚えているものだと自分でも思う。

「サーマルに入ったら、中を旋回しながら高度を稼いで、どこかで離脱する。ほんとにエレベーターに乗るようなものだ。その時は午後になって少し雲が出始めていた。雲の中は乱流だから入ってはいけない。これが鉄則」

亜矢子は黙って聞いていた。

「彼が見つけたと思って乗ったサーマルが強すぎた。昇降計を見るとすごく速い。急上昇している。それにサーマルそのものが大きい。旋回して外に出ようと思ったけれど、どこまで回っても外に出ない。上を見てぞっとした。黒い濃い雲がある。吸い上げられてあそこに入ってはいけない。そう思って翼端折りとかフルストールとか技術を駆使して降りようとしたのだが、ともかく昇る速度が普通でない。あっという間に数百メートル吸い上げられて、雲の中に入ってしまった。あとはもうめちゃめちゃ。翻弄《ほんろう》されて、玩《もてあそ》ばれて、いいようにこづき回された。操縦用のラインを引っ張るどころではない。上も下もわからない。あたりは真っ暗。その上に寒い。ものすごく寒い。手がかじかむ。頬が凍る。耐えられないほどのGが身体にかかる。ばらばらになりそう。雪崩の中と同じだ」

新庄の体験だから誇張して話しているわけではない。

「あいつは淡々と人ごとのように話したけれど、本当に恐かったんだと思う。空の上でたった一人だしね」

数キロ以内に誰もいないところ。足の下には地面がない。

「子猫をいじめるつもりで、そういうことができる悪い奴になったつもりで、首をつかんで精一杯振り回してみるといいとあいつは言った。その子猫の感じ」

聞き手は息をこらえている。

「それが何分か続いた果てに、いきなり彼は雲の外へ放り出された。投げ捨てられた子猫だ。実際に何分それが続いたのかわからない。三分かせいぜい五分だろうと本人は言っていた。ともかく、雲の神は噛《か》んで飽きたガムを吐き出すように彼を吐き出した。真っ青な空に放り出されて、そして落ちた」

「落ちたの？」

「パラグライダーの翼は乱気流でくしゃくしゃになっても、落下の途中でたいてい形を回復するものだが、その時は無理だった。ラインが何本も切れているし、裂けたところもあって、ただの大きなぼろ布でしかなかった。揚力なんかぜんぜんない。だから新庄は翼を切り離して自由落下し、地上に近いところまで降りてから緊急パラシュートを開いた。安全な屈辱的な着地、と言っていたね」

亜矢子が深く溜息《ためいき》をついた。

「その時に、雲の中でこづきまわされながら、彼はメッセージを受け取ったんだ。ぼくはあの雪崩の雪の中に埋まって、しみじみとその話を新庄とした。あの時に雲の中で聞いていたことが今やって来たみたいだと彼は静かに言った」

「何が？」

「星々からの迎えの船」

暗い中に亜矢子の顔がぼんやり浮かんでいる。

「だから、尾方の声で目が覚めた時、そのすぐ前まで話していた新庄のことを聞いた。忘れていたけれど、聞いたんだろ、ぼくは彼のことを？」

「ええ」と亜矢子はかすれた声で言った。「でも変よ。あなたは意識を失っていたんだし、哲之さんはあなたからずっと離れたところに埋まっていた。二人とも埋まっていたのよ、雪に。どうして話ができるの？」

「わからない。ぼくの幻覚だったかもしれない」

「そうに決まってるじゃない」

嫉妬《しっと》しているのか？　ぼくと新庄がそんなに親密だったことに亜矢子は憤慨しているのか？

「だいたい、どうして二人ともそんなに空ばかり見るの？　わたしにはわからない。どうして上に行きたがるの？　男の人ってみんなそうなの？　人は地面の上を歩いたり走ったりして生きるのよ」

そうかもしれないと思う。

普通はそうなのだろう。

でもおれは空を見ている。天を見上げ、天を聴いて、天からの光を待つ場所にいる。地上で人と協力したり競争したりしてもしょうがない。何の意味もない。

「それで、なぜ職場を変えたの？」

「星の近くにいたかった」

「なぜ？」

「何かメッセージが来るかもしれない。そう思うと安心するんだ」

「哲之さんからの？」

「そうかな。あいつを含めた星からの。星の世界からの」

「わからない」

「何か大事なことが伝えられようとしているんだ、ぼくに。ぼくを通じてみんなに。それを聞き取るには星からの声が届くところにいた方がいい。それが野辺山だったし、それが神岡《かみおか》なんだ」

「どうして神岡に移ったのよ？」

うまく言えない。

彼は黙った。

同じような研究施設。一方は電波。もう一方はニュートリノ。それにもうすぐ重力波が加わる。本当にそういうものを通じてメッセージが来るのかどうか。そんなことを信じているのか。

しかし神岡にいると、自分は最もいるべき場所にいるという気がするのだ。だから移った。

「わたしの話をする。地上の冒険の話。星の世界からお迎えなんか来ない話。今、あなたの話を聞いていて思い出した昔のこと。聞く？」

「聞く」

亜矢子は壁に背中をつけて、横坐《よこずわ》りしていた。浴衣《ゆかた》の裾《すそ》をきちんと足の下にたくし込んでいる。

「まだ若かったころ、一人でヨーロッパに行ったの。ほんとの貧乏旅行。泊まるのはユースホステルばかり。汽車とバスを乗り継いで首都から首都を巡るような旅よ。そういうの、したことある？」

「ないよ。そんな勇気がない」

「勇気なんかいらないわよ。ともかく、わたしはコペンハーゲンのユースホステルにいた。旅の途中で知り合ったイギリス人の女の子と一緒だった。名前はレベッカ。知り合ったっていったって、その前のアムステルダムから一緒に着いたというだけで、コペンハーゲンを発《た》つ時にはもう別々だったんだけど。いつもそんな風なの」

黙って聞いている。

外国にはあまり行ったことがない。英語だっておぼつかない。

「そこで、イタリア人の男の子に会った。だいたい騒々しくてずうずうしい子が多いなかで、ちょっと内気という感じ。一歩さがっている。名前はマテオ。なんとなく波長が合うなと思った」

外国人と波長が合うことがあるのか。

「でも、そういう風に旅をしているからといって、すぐに男の子と仲よくなるわけじゃないのよ。カップルだと旅は楽だけど、でもわたしはいつも一人だった。その時もコペンハーゲンの町を一人でうろうろしていた」

コペンハーゲンは、デンマークだ。

「マテオは街頭の手品師だったの。だから稼ぎながら旅ができる。毎日は働かない。彼が休みと決めた日に一緒に町を歩いた。おかしな塔に登ったのを覚えているわ。中が螺旋《らせん》階段という塔はよくあるけど、そこは螺旋状の坂なの。建物の中に坂道がぐるぐるあって、そこを登っていくと展望台みたいなところに出るの。マテオと手をつないでねじれた坂道を登った」

塔か。アインシュタイン塔という塔の形の望遠鏡があるけれど、あれは中に螺旋階段があるのだろうか。いちばん上にある鏡の保守のために上れるようになっているはずだ。

「まあそんな風に仲よくなって、一週間くらいコペンハーゲンを一緒に歩いたかな。わたしと会ってからは彼はあんまり仕事をしなかった。働く時はわたしは脇で見ていた。すごくうまいってわけじゃないけど、それでも人は集まった。手品は言葉がわからなくてもできるから、どこの国でも食べていけるって」

そういう仕事もあるんだ、と彼は思った。移動の自由な戸外の仕事。楽しいだろう。

「町で遊ぶ時もレベッカが一緒だったこともあったし、他の男の子がいたこともあった。だからマテオとわたしはそんなに熱烈に恋って感じじゃなかった。話が合うというだけで、手をつないでキスはしてもそれまで。宿だって男女別のユースホステルだしね。本来、そっちへ発展しないのよ、旅のわたしは」

亜矢子はまるで時間が限られているかのように早口で喋《しゃべ》った。時間はいくらでもあるのに。

「彼は一度自分の家に帰るという。わたしは次はオスロのつもりだった。マテオの家はピサだって聞いた。あの傾いた塔があるところ。で、じゃあねって北と南に別れた。イタリアに来たら寄ってって言われた」

地名がたくさん出てくる話だ。

「でも、オスロでムンク美術館を見ているうちに、イタリアに行きたくなった。マテオが恋しいというのとはちょっと違う。その時はまだそんな風じゃなかった。北の国の薄い色に飽きて、南の派手な色が見たくなったって感じ。それに、マテオもいるし。それで延々と汽車を乗り継いで、パリとミラノ経由で、ピサまで行った。飛行機で一気に飛ぶと移動感がないのよ。好きじゃなかった」

そういうものか、と聞いていて思ったけれど、これも実感が湧かない。

「駅から電話すると、最初マンマが出て、マテオはいなくて、自分の名前と駅にいるということだけ伝えたら、一時間してマテオが迎えに来てくれた。彼の家に行って、マンマとバッボに紹介されて、予備の寝室に泊めてもらうことになった（バッボってお父さんね）。でも、一日目には彼の寝室に移っていた。そういう仲になった」

話しながら亜矢子は少し膝《ひざ》を崩した。暗い明かりに腿《もも》の丸みが浮き上がった。

「ピサは斜塔よね。みんなあの前で写真を撮る。手前に立って、片腕を伸ばして、手で塔を支えているように写る位置から撮る。でも後で見たらマテオは不器用だから、撮りかたが下手でわたしの手と塔の間がすごく空いていたの」

その写真は充分に想像できる。でもその時、亜矢子はとても若かったのだ。今とは違ったのだ。何年前？　十年？　十五年？

「そうやって一週間くらいいたかな、あの町に。コペンハーゲンの塔みたいに斜塔にも登りたいと思ったけど、修理中で入れなかった。傾きすぎて倒れないよう補強工事をしていたの。中は坂道じゃなくて階段だって。二百九十四段あるって塔の外に書いてあった」

彼は黙って聞いている。

「毎晩マンマとバッボに気を遣いながら一緒に寝てた。でも、この仲をどこまで伸ばすか、わたしはあんまり考えなかった。その時の今に夢中だっただけ」

亜矢子はちょっと黙った。

視線を泳がせて何かを思いだしている風。

事実の細部を思い出すのではなく、遠い時のある気分や雰囲気を手元に引き寄せて、そっとそれに身を浸すような思い出しかた。

「わたしは誰かとすぐ寝る女ではないの。女の一人旅というとすぐそういう目で見られるんだけど、旅の途中で恋人を作ったなんてあれが最初で最後。その後だって恋は多くなかった」

「そんな風には思っていないよ」

「そういう人もいるし、それだっていいのよ。ただ、マテオの場合はすんなり始まってしまったの。ピサに行くと決めた時にそうなるかなという予感はあったわけだし。ピサでもユースホステルに泊まるつもりだったけど。でも、二日間、汽車を乗り継いで女が自分の町までやってくれば男はその気があると思うでしょ」

「嬉《うれ》しいだろうな」

「それで、しばらくピサの彼のところにいて、そこから日本に帰った。別れる時、日本にも来てねと言ったけど、そんなに真剣ではなかったと思う。翌年の就職は決まっていたし、もう放浪の時期は終わったと思った」

ああ、そういう時だったのか。卒業の前。

自分の場合はどうだったか？　山に行った。五人のパーティーで日高《ひだか》山脈の縦走をしていた。新庄も一緒だった。熊のことをみんなで話しながら歩いたけれど熊には会わなかった。

「それで、日本に戻って、普通の生活に戻って、何か月かたったの。大学生活の終わりのところを片づけて、会社に入ることになった。その直前にマテオから手紙が来た。どうしても会いたいから、恋しくてしかたがないから、日本に来るという。ちょっとパニックだった」

亜矢子はその時の空気にすっかり浸っている。

それを見ながら、自分たちならば冗談にしていた熊が本当に出たようなものだと考える。出たら恐いなと言いながら、実はみんな熊にとても惹《ひ》かれていたのだ。

「彼が来たのはわたしの新人研修が始まる週だった。タイミングとして最悪よ。場所は埼玉県のずっと先の方で、わたしはその近くにあるウィークリー・マンションみたいなところを宿舎として与えられた。社会人になる儀式みたいなもの。一週間の研修の間、マテオをしまっておく場所がない。研修が月曜日からで、その前の土曜日に彼が着いて、成田に迎えに行って、その晩は二人でホテルに泊まった。わたしの家に連れて帰るわけにはいかない。彼のマンマやバッボとわたしの両親は違う。イタリアの男の子と日本の女の子は違う。研修が実際より二日ほど早く始まるようなことを言って、わたしは家を出ていた。日本の会社は週末も休みなしで働くことがあるから」

他の国の会社ではそういうことはないのか。

神岡の施設は、もしも星界でイベントが起これば週末どころではなくなる。超新星爆発が起これば大騒ぎになる。それは星のことだからイタリアの天文台だって同じだろう。

いや、これはそういう話ではないんだ。

「日曜日にその埼玉県の奥地に移動して、二人でウィークリー・マンションに入った。新人の仲間にばれると困るから電車を下りる時からなんとなく別々に行動して。昼間の研修の間はその町で遊んでいるようにマテオに言って、一本しかない鍵《かぎ》を預けて、夜はちゃんと帰って待っててよって言って、食べるものなんかコンビニで買い物をしておいて。昼は研修、夜はマテオ。すごくスリリングだった」

それがきみのいう地上の冒険なのか。

自分の場合ならば、さっきから思い出している日高の山行。あの、出会えなかった熊のこと。

熊はマテオじゃない。イタリアの手品師じゃない。熊はどこかで星につながっている。熊ならば星界からのメッセンジャーになれる。

「研修の間は夜は一緒にいられた。東京に戻ったらわたしは自宅通勤だからマテオがいる場所を見つけなければならない。情報誌とかで探して、目白に宿を見つけたの。ヨーロッパならば大きな町にはたいていある若い外国人向けの安い宿。それが東京にもあった。経営者があんまりお金のことは考えずに、半分は奉仕みたいなつもりでやっているところ。あの頃はまだそんな人もいたのよ。こんな殺伐な日本じゃなかったの」

殺伐な日本と言われて、ふっと飛騨の温泉にいるという現実に戻った。ここは殺伐ではない。神岡も大丈夫。東京には戻りたくない。

「だからわたしはその外人ハウスという、そのまんまの名前のところから毎日出勤したわ。時には実家と三角通勤になったりして。マテオは東京の盛り場でちょっと手品をやったりしたけど、日本はヨーロッパと違って街頭で稼ぐのがむずかしいのね。わたしが警告したとおりだった。警察はうるさいしヤクザさんは邪魔するし、あんまりうまくいかなかったみたい」

話を聞きながら、彼はまだ熊のことを考えていた。あの時、日高山脈で、出てくるはずだったのに出てこなかった熊。

「日本の外国人管理はきびしいの。三か月までで、それを超えると不法滞在になる。マテオはずっとわたしと一緒にいたかった。でもわたしはそこで会社を辞めてイタリアに行くつもりはなかったから、なんとか滞在を延ばすしかない。いちばん安いのは韓国に行って、三日だけあっちにいて、それで帰ってくること。これでまた三か月は日本にいられる。だから彼は韓国に行った」

自分の国にはいつまででもいられる。熊は……熊は山にいられる。出てこなくてもいい。

「彼が帰ってくるはずの日、わたしのところに電話がかかってきた。成田の入国管理事務所。それだけでどきどきしたわ。韓国からの便で着いて、旅券審査の窓口から別室につれていかれてたみたい。手品の道具を持っていたのがいけなかったんだって。日本で労働許可なしに稼ぐのかと疑われたのね。で、わたしの名前を出した。彼とは話せなくて、わたしは係官からの質問に答えるばかり。マテオという人を知っていますか？　彼にお金を貸しましたか？　彼と結婚する予定はありますか？」

亜矢子はその時のことを、係官相手の十五分ほどの電話のことを詳細に思い出して話した。

「わたしはいきなりの電話だったんで動転して、どれが正しい答えかわからなかった。

マテオは知っている。よく知っている。お金を貸したことはない、って返事したのは生活力のあるしっかりした男だって言った方がいいだろうと思ったからだけど、これは×。日本で稼いだことになってしまう。結婚の予定については口ごもってしまって返事ができなかった。だからこれも×。この人物についてはわたしが全面的に面倒を見ますと日本国に対して宣言するのが結婚の予定という言葉だったのね。だから一勝二敗でわたしは負けた。彼は強制送還された」

ふいに亜矢子は顔を上げた。

「わたしはそれから半年、泣いて暮らした。どんなことでも、パン一切れを口にするのでも、マテオと一緒でないと意味がないような気がした。世界から色が消えてしまって、ぜんぶが灰色になったみたい。自分は幽霊だと思った」

そう言って彼を正面から見る。

「これが生きるということなのよ」と亜矢子は言った。「空を見ないで、来もしないものを待たないで、地面の上に立って、同じように地面の上にいる男を愛するのがわたしにとって生きるということなの。わたしはマテオを愛した。あの三か月ほどの間、あの人を愛した」

しばらく口をつぐむ。

「一年ほどたって、休暇があったのでイタリアに会いにいった。でもその時はもうことは終わっていた。彼はイタリアに残ってくれと言ったけれど、そういう気にはなれなかった。気持ちが変わってしまった。マテオがすごくナイーブで危なっかしい人に見えた。わたしは日本に戻った」

それも冒険だろうと思う。その上昇感と下降感は想像できる。

「哲之さんは地上の人ではなかったの？　本当にパラグライダーで予告を受けて、雪崩を待って、それで旅立ったの？　喜んで、幸福な向こう側に行ったの？」

答えられない。

「わたしには彼はまちがいなく地上の人に見えた。しっかりとした心とがっしりした身体があった。一緒に幸せを探すつもりだった」

それが彼女にとっての新庄だったのだろう。

「あなただってそうよ。だからさっき、あんなにうまくいったのよ」

最後のところは下を向いて小さな声で言う。

「寒いわ。温泉で暖まってくる」

そう言って亜矢子は唐突に立ち上がり、大きな動作で浴衣《ゆかた》の上に丹前をはおって、部屋を出ていった。

身体が冷えたのはこちらも同じだ。風呂《ふろ》に入ろうか。そう思って彼も立ち上がった。

男湯の方で、深夜で誰もいないのはわかっていたから、明かりを点《つ》けないで入った。湯船の向こう側は一面の大きな窓で、そこから星が見えないかと思ったのだが、窓ガラスは結露していた。そこまで湯船の中を歩いていって、手でガラスを拭《ぬぐ》って外を覗《のぞ》いた。室内も暗いのに何も見えない。

今日の月齢はと考えて、ほとんど新月だと思い出す。窓を開ければ見えるかもしれないと思ったが、窓ガラスは固定されていた。

湯船に身を沈める。湯は温かかった。それが身体の奥の方へゆっくり伝わっていく。ただの物理的な熱伝導ではない。血流が能動的に熱を運んでいる。身体ぜんたいの温度分布のパターンが変わる。

眠くなったけれど、湯の中では身体が安定しないから本当には眠れない。そう思いながら、どこかに僅《わず》かな緊張感を残しながら、うつらうつらした。目を閉じると体内をニュートリノが透過するのが感じられた。

そんな気がしただけかもしれない。

亜矢子が言うとおり幻覚かもしれない。

それならそれでいいじゃないか。

そのまましばらく、湯にたゆたったまま、本当に眠ったようだった。

部屋に戻ると、亜矢子はもう布団に入っていた。

彼女の隣に入る。

「温泉、好きになった?」と聞かれる。

「ああ。悪いものじゃないね。湯船で眠ってしまった」

「抱いて」と亜矢子が言った。

彼は彼女の首の下に片腕を差し込み、もう一方の腕を肩に回して抱き寄せた。

「二人とも温《あった》かい」と亜矢子がつぶやいた。

しばらくそうしていて、半ば亜矢子を自分の上に乗せるように二人の身体を回した。唇を合わせ、舌を絡めながら浴衣の前を押し開いて乳房に手を伸ばした。ぜんたいを掴《つか》んで、乳首を指先でなぶり、口を寄せて吸い、亜矢子が喉《のど》を鳴らすのをしばらく聞いてから、下の方へ手を移す。

腿《もも》を割って、受け入れの状態を探る。そうしながら、これもハイゼンベルクの背理の一例かと奇妙な方へ連想が走った。観測という行為がその対象に影響を及ぼすとしたら、正確な観測は原理的に不可能だ。光で素粒子の位置と運動量の両方を知ろうとするのでも、指で性器の潤いを探るのでも、ことは同じ。

亜矢子は準備ができていた。

しかし彼の方はそれに応じる態勢になかった。

ちょっと焦る。
観測行為はいよいよ対象を励起している。亜矢子は身をよじっている。彼の側には
それに呼応して次の過程に進む用意がなかった。
しばらくして、「ごめん」と言って、亜矢子の手を自分の方に導いた。触らせて確
認させる。「できないんだ」
それを援助の要請と受け取ったのか、亜矢子はいくつかの積極的な行為をしたけれ
ども、彼は回復しなかった。
地上の神に見離されたようだ。
やがて彼はそれまでほとんど使わなかった自分の部屋に戻って、冷たい寝床の中で
寝た。
何の夢も見なかった。
翌日の昼前、彼は亜矢子を高山の駅まで送った。
「温泉、好きになった？」と途中で彼女が聞いた。
「そうかもしれない」
「また来る？」
「来るかな」

「じゃ、それはこの一夜の効果ね」

「あるいは。きみは雪崩から抜け出せた？　殻は壊れた？」

「わからないわ」

亜矢子は耳にイヤホンを嵌《は》め、バッグの中のiPodを操作した。

「じゃあね」と言ってドアをバンと力強く閉め、振り向くこともなく駅舎に入ってゆく。それを見送って車を発進させた。

彼女は大丈夫だろう。

しっかり生きていくだろう。

こっちは、やはり待つだけだ。

カーブの多い山道を慎重に車を進めながら彼は考える。これからもずっと待つだけだ。

もう一度だけ亜矢子のことを考えた。彼女にはわからなかった。メッセージのことは何も理解しなかった。

新庄、あれでよかったのかな？

よかったんだよな。

また自分のことに思いを戻す。

メッセージは神岡には来ないかもしれない。

天文台の行政機構の上の方で、チリのアタカマ高原に国際協力で大きなミリ波の観測施設を造る話が進んでいる。この間からずっと気になっていたプロジェクト。組織内に配信された職員募集のメールを見てからずっと考えていること。

遠いところだ。

南米の、乾燥した、寒い山の上。

アタカマのパンパ・ラ・ボーラは標高四千八百メートルだ。

気圧は海面の半分。

高地馴化《じゅんか》をしないまま無理して行けば確実に高山病になる。

すごく寒い。

緯度から言えば熱帯なのに、標高が高いから年間平均気温は〇度にしかならない。

一日のうちに二五度も気温が変化する日がある。

年間の降水量は一〇ミリ以下。東京の一パーセントにも満たない。

紫外線の強さが東京の二〇倍。

いつも西風が吹いている沙漠《さばく》。

そっちの方が神岡よりいいかもしれない。アタカマならば間違いなくメッセージが受け取れる。

誰もいない沙漠の方が星船だって着陸しやすいし。

新庄、おまえ、どう思う？

涸《か》れて、冷え切って、強風が吹いて、まるで別の星の上みたいなところ。そこにも雪が降る。風がふっとやんだ時に空気は軽い乾いた粉雪で満たされる。無数の星の代わりに灰色の空に無数の雪片が見える。そこへ、雪に先導されてしずしずと、メッセージを携えた船が降りてくる。その船からおまえが降りてきて、おれはおまえを迎える。

アタカマ沙漠。

行こうか。応募しようか。

どうしよう？

修道院

1

その年、私は夏をクレタで過ごすことにした。ヨーロッパのある大学で受け持っていた一年間の講義が終わり、珍しく何週間かゆっくりする暇ができた。国に帰るのは先のことにして、南欧のどこかで遊ぼうと思った。気候がよくて食事がうまいところと考えているうちにクレタという地名が浮かんだ。久しぶりにあそこに行ってみよう。

数年前、ギリシャ人の友人が「ECに入ってこの国も変わってしまった。アテネの連中はもう水で割ったミルクでしかない。それでもクレタの人たちは今も濃いクリームだ」と言った。たぶんそうなのだろう。私がアテネに住んでいたのは二十年以上前のことだった。クレタに行ったのもその時だ。アテネは変わったとして、クレタはどうなのだろう。

夏の休暇。遺跡があって観光客の多いイラクリオンは避けて、西のハニアの方に行こうと決め、長い滞在だからホテルではなく小さな家がいいと思って、旅行代理店に探してもらった。市街地を出て五分という畑の真ん中にオリーブ油を搾る小さな工場を改築した貸別荘がある、という連絡が来た。そこにしよう。

メトヒ・キンデリス

それが貸別荘の名だった。メトヒというのは本来は修道院に属する農園のことだが、行ってみても近くに修道院があるわけではなかった。キンデリスは誰かの姓だろうか。分厚い石の壁と瓦葺《かわらぶ》きの屋根と木の扉の大きな建物で、二階は家主が住み、一階の半分くらいが近代的に改築してあって借り手の領分だった。住みやすいし室内の調度も品がいい。一階の残りの部分は昔のまま倉庫として使われているらしく古い農機具が雑然と放り込んである。

家主のニコスはごく気のいい男で、しばらくしてわかったのだがなかなかのインテリだった。カザンザキスの小説やエリティスの詩を論じられる相手。

敷地は丈の高い生垣に囲まれ、その外は木立と畑。

何の畑かと思ったら、苺《いちご》だった。

「ざんねんですねえ、もうほとんど季節が終わってしまって」と部屋を掃除してくれるおばさんが言った。「でもまだ少しは採れるから、届けておきますよ」

　おばさんの言う少しは実際には相当な量だった。私は毎日大きなボウルにいっぱいの苺を食べることになった。放っておくと傷むし、ともかくうまいのだから手が伸びる。庭の芝生に椅子と小さなテーブルを出して、けだるい午後の時間を苺と白のワインと読書で過ごす。やがて人格ぜんたいが苺の匂いを放つようになった。

　着いた日の翌日、ちょっと考えてレンタカーを借りることにした。

町までは歩くには遠い。朝と昼は家で食べるから食料も買わなければならない。遠出して遊ぶ日も作りたい。車はあった方がいい。

　朝はゆっくり起きて軽い朝食を摂《と》り、家のまわりを散歩し、昼も簡単な料理で済ませ、午後は本を読み、だいたい夕方から町に出る。

　ハニアはヴェネツィアの影響の濃い町だ。港の砦《とりで》などつい先頃までヴェネツィア人がいたような雰囲気がある。彼らは東地中海を自分たちの海と見なし、交易路を海賊から守るためにコルフ、クレタ、ロードス、キプロスに港と砦を築いた。ヴェネツィアが栄えていた頃、アテネはまだ小さな村だった。

　旧市街は城壁に囲まれていて、その中に港がある。岸壁に面していくつも砦が並び、その一つは今は海事博物館になっていた。古い大砲や天測の道具を見物しながら、私は往時のヴェネツィアの勢いを想像した。ここはコルフやロードスによく似ている。

石の積みかた、城壁の構造、その上のパラペットの形、なによりも海との近さ。アドリア海の奥からエジプトの海岸まで、ヴェネツィア様式が航路を点々と示している。

若い頃からの習慣なので一人で食事をすることは苦にならない。港に近いレストランに入って、なるべく隅の方の席を選び、他の客たちを観察しながらゆっくりと食べる。そのために間をあけて一品ずつ注文する。ワインを賞味しながら、自分との会話のつもりで時間をかけてよい夕食を構成するよう心がける。

途中で思いついたことをちょっと手帖《てちょう》に書くこともある。しかしこれも実は考えものので、そうしていると途中からいきなり店のサービスが向上したことがあった。給仕の愛想がよくなり、料理の説明が増え、店主からといって食後のコニャックが供された。少し多めにチップを置いて店を出てから気づいた。彼らは一人で食べる私を覆面の料理評論家か何かと誤解したのだ。

時には空港の先のマラティという海岸の海水浴場まで泳ぎに行くこともあった。午後ずっとそこにいても実際に水に入るのは一度か二度で、あとはビーチ・チェアに寝そべって空を見ている。あるいは十九世紀の長い小説を少しずつ読んでいる。何もしなくていいのが嬉《うれ》しくて、心ぜんたいが無為の色に染まった。

砂浜に面して二軒のレストランがあった。そこに入って、オリーブをつまみ、エビを食べ、タコを食べ、サラダをもらい、小振りの鱸《すずき》を塩焼きで口に運びながら、ワインを一本空ける。レッツィーナという松脂《まつやに》の香りをつけたギリシャ特産の白がここの魚に合っていた。いい匂いが立つ焼魚にレモンを搾っているとなかなか満ち足りた気分になった。固い重いパンがうまい。

そういう日々を二週間ほど続けて、少し飽きた。ちょっと遠くへ行こうかと思った。西には何もないから東に向かうしかないのだが、イラクリオンは観光客が多くて騒々しいし、ミノア文明の遺跡は昔見たからいい。もっと田舎を目指そう。北側の海岸に沿った道は交通量が多いので急がない旅には向かない。南の方の狭い道はどうだろう。

そちらにどこかおもしろいところはあるかと宿の主のニコスに聞いた。

「フランゴカステロ」と言う。

「どういうところ？」

「ヴェネツィア人が築いた砦ですよ。砂浜にあって、四角い城壁と中庭。まあそれだけだけど」

「寄ってみよう。その他には？」

「聖イオアニスの修道院。大きくて立派です」

フランゴカステロはニコスが言ったとおりのところだった。この名前はフランク人の城という意味で、ギリシャ語でフランク人とは本来は北方のゲルマン系の民族のことである。その後で西の人たち一般を指すようになり、この場合はヴェネツィア人。

砂浜に城壁があって、中庭があって、それだけしかない。攻められた時に商品を運び込み、中に籠《こ》もる。万一の場合の最後の備えだったのだろうか。沖に帆船の姿でも見えれば往時を想像できるのだが、と私は思った。

フランゴカステロを出てしばらく行くと、道はまた山の中に入った。クレタ島の南側は山が海に迫っていて平地が少ない。細い道がうねうねと山を抜ける。そのところどころに小さな集落がある。

その一つを出たところで道路工事をしていた。路面にアスファルトを散布したばかりらしく、見るからに黒々として強い匂いが立ちこめている。ちょっとひるんで車を止めたところ、工事の連中はにこにこしながら通ってもいいよと言う。早く通れと手振りで示す。

言われるままに車を進めると、びじゃびじゃびじゃと嫌な音がした。もうどうしようもない。ゆっくり抜けて、そのまま走った。タイヤがべたべたのアスファルトにまみれたのか、びじゃびじゃ音はしばらく続いた。

十五分ほど行ったところに展望台があったので休憩がてら車を止めた。南の方に海が見える。三百キロ先はアフリカのはずだが、そこまでは見えなかった。ただ山と山の間に海が見えるばかり。

戻ろうとして振り返ると、車の下半分がアスファルトで真っ黒になっている。ああ、やっぱりまだ通ってはいけなかったんだ。あの工事の連中、いいかげんなことを言って。彼らにとって問題はないということで、こちらには大問題だ。

ギリシャ語に「ゼン・ピラージ」という言いかたがある。「気にしない、問題ない、大丈夫」

でもたいていの場合、それはそう言う当人にとってであって、こちらには無視できない問題であることが多い。それでも問題ないと言ってしまうところがギリシャ人の性格なのだ。

と言って山の中ではどうしようもない。しかたがないから汚れた車をそのまま走らせた。みっともないだけでなく、降りた時にうっかり触ると被害が衣服に及ぶ。ちょうど給油も必要だったので、次の集落でガソリン・スタンドを見つけて入った。汚れを見せて相談する。

「ああ、あれはなんでもない。ゼン・ピラージ」

そう言ってその若い男は空き缶に石油を入れてきて、ぼろ切れに浸してアスファルトを拭《ぬぐ》う。それも決して丁寧にするのではなく、ざっと溶かすばかり。あとはホースの高圧の水で洗い流した。それだけで私の車は元のとおり綺麗《きれい》になった。

「ありがとう。いくら？」

男はガソリン代だけ取ってそれ以上はいいと言う。これもまたギリシャ人だ。いやアテネではあり得ないことだから、クレタ人の性格と言うべきだろう。

その先で少し迷って、人に聞いて、聖イオアニスの修道院に行き着いた。

ここは遺跡ではなく今も僧たちが暮らしている。建物はΠ《パイ》の字の形に配置されている。トンネル状になった建物の一階を抜けて広い中庭に立つと右手が僧坊が並んだ翼で、もう一方の左の翼に食堂と厨房《ちゅうぼう》、旅人のための宿坊、倉庫などが収められている。今抜けてきた部分の上には院長室や事務室など管理関係の部屋があるらしい。高い鐘楼のある教会は中庭の奥に他の建物から独立しており、博物館もまた別になっている。敷地内には大きな木が数本あって、それと建物の重ね合わせが目に心地よい景観を成していた。

十九世紀の初め、ここはギリシャがトルコから独立する際にその運動の拠点として人々が集ったらしい。第二次大戦中には対独レジスタンスの中心であり、緒戦の敗走の際には多くの連合軍将校を匿《かくま》って密《ひそ》かにアフリカへ逃がす役割を果したという。入り口横の壁に張った案内にそういうことが五つの言語で詳しく書いてあった。博物館にはなかなかよいイコンがいくつかあり、祭具の類《たぐい》も見事なものが展示されていた。

しかし、ざっと見て歩きながら、私はあまり心を動かされなかった。どんな具体的な理由もないのだが、どうもここは私に対して開かれていない。建物を見る視線が壁の表面から奥へ入れない。イコンにしても一定のレベルの品であることは認めるけれどそれ以上ではない。制作者の信仰心が薄かったわけではないだろう。それを云々《うんぬん》する資格は私にはないが、なぜかなじめない。ここで暮らす僧たちの祈りの日々に共感の思いが湧かない。実際、私は彼らの何人かと出会って顔を見たのだが特に感じるところはなかった。

まあそういうこともあるかと思いながらそこを出た。今の心の状態がこの施設に合わないのだ。車に戻って、近くの村で一夜の宿を探そうかと思った時、「旧修道院」という案内と矢印が目に入った。

他にも修道院があったのか。旧というのは今は使われていないということだろうか。私はそちらへ行ってみることにした。

山道を五分ほど下りたところに「旧修道院」はあった。規模は上のと同じくらいだが、しかしこちらはすっかり荒れている。

もう何十年も前に放棄されたのだろう。百年以上かもしれない。石の壁が崩れ、屋根が抜け、足下には石材が転がっていて、気をつけて歩かないと危ないほど。階段が落ちていて上の階に行けない。

何よりもここには色がなかった。上の修道院がイコンの金をはじめさまざまな色彩に飾られていたのに対して、こちらではすべての色が剝落《はくらく》している。壁も床も無彩色。

落ちた天井の穴から見える青空だけが唯一の色だった。石の色ばかり。

そしてなぜか私はここに惹《ひ》きつけられた。空気の中に何かを感じ取ることができた。誰もいないのが好ましかった。人がいないというのはよいことだ。

ずいぶん長い間、建物の間を歩き回った後で、敷地ぜんたいが見える高いところに行って腰を下ろした。午後の日射しを浴びて心を緩めると、往時の姿を想像できる気がした。ここに多くの僧が集い、日々を祈りと労働に過ごし、時にはトルコに対する陰謀を企てる。神学に勤《いそ》しみ、オリーブ油を搾り、ワインを醸し、遠方の教会に宛《あ》てて手紙を書き、聖書を講読し、祭日の準備をする。そして祈る。常に祈る。それがいつのことだったかもわからないのに、僧たちの暮らしの雰囲気が石の間にまだたゆたっているように感じられた。私の心はこの場が持つ波長に同調したらしい。

廃墟《はいきょ》の光景を見ながら、一つのものに集中することなく、ゆるゆると視線を泳がせる。さっき自分が歩いた経路を目だけでもう一度辿《たど》る。建物の多くはほぼ本来の形を保っていたし、そういう目で見るとこの広さにこれだけの石材を積んだ労力の総量が見える気がして、それがこうして無に帰したわけだからと考えるうちに、自分を惹きつけているのがその虚《むな》しさ、人の営みの徒労感であることがわかった。

『聖書』の「伝道の書」だ——「空の空、すべては空なり」。

それでも人は何かを造ろうとする。野に坐《すわ》って祈るのではなく、祈りのための建物を用意しようとする。山から石を切り出して運び、ここに積んで壁を作り、梁《はり》を渡して屋根を架け、祭壇を作り、イコンを飾り、そこで祈る。儀式を行う。その分だけ祈りの価値が高まり、思いが神に届きやすくなるかのように。

労力が祈りであり、意匠が祈りである。

敷地の先の方が平地になっていた。森ではなく草と人の背ほどの灌木《かんぼく》。崩れた塀に囲まれている。何かが造られて、それから放棄されたかのよう。まばらに石が倒れているのが茂み越しにちらほら見えた。そのずっと向こうに糸杉の木立。

ああ、墓地だったのだと思い至った。ギリシャの墓地は糸杉でそれと知れる。

そのすぐ手前に小さな建物があった。独立しているし、屋根が鋭角なので、普通の用途に向けた建物でないのはわかった。しかし教会にしては小さいし、だいいち教会ならば鐘楼を備えた立派なのが目の前にある。崩れかけて屋根も半ばは落ちているけれど。

私は墓地の横の小さな建物のところまで行ってみることにした。足場の悪いところを気をつけて通り、石材を踏み越えるようにして進む。足下を金緑色のトカゲが走りぬけた。

正面に立ってみると、それは小さな礼拝堂らしかった。形は教会をずっと小さくしたような形で、小さいなりに整っていた。他の建物とどこか印象が違う。

その理由はすぐにわかった。この建物は荒れていないのだ。いや、これも荒れている。ずっと前に放棄されて、今は人が出入りしている形跡はない。横の方、高い位置にある窓にはガラスも入っていない。しかし他の建物に比べると損壊の程度が違う。汚れてはいるが壁はしっかりと立ち、屋根も健在。

何よりも扉があった。地中海各地の教会に特有の、オリーブ材の組木細工の緻密《ちみつ》な重いしっかりした扉があった。その扉を囲む石には漆喰《しっくい》で化粧した跡がある。その白が僅《わず》かばかり残っている。

扉には閂《かんぬき》が通してあり、閂には錠が掛けてあった。中には入れない。誰かが錠の鍵《かぎ》を持っているのか。この建物を管理しているのか。

私は礼拝堂の周囲を巡ってみようと思った。途中一か所、石材が山積みになっているところがあった。壁の高い位置に大きな穴が開いていてその下に石が積み重なっている。そこを越えると後ろ側に回ることができた。見上げると高いところに窓がある。祭壇の上の方だろうか。

人の膝《ひざ》くらいの高さの壁に黒い石の銘板が埋め込んであるのに私は気づいた。うっかりすると見落としそうなほど小さい銘板。汚れているので彫られた文字を読み取るのがむずかしい。指でなぞるようにして、凹部に詰まった泥を指先で押し出すようにして、ようやく読んだ。

ミルトスのために

それだけ。あとは年代も何もない。もしも誰かがミルトスという男のためにこの礼拝堂を建てたのだとしたら、普通ならば自分の名も記すはずだが、と私は思った。古代ギリシャの墓碑銘などはみなそうなっている。

今晩はこの近くで宿を探すことにしよう。そこで聞けば何かわかるかもしれない。是非聞いてみよう。そう思うほど私はこの廃墟となった修道院とその中でも目立つ礼拝堂に惹きつけられたのだ。

銘板をしばらく指で撫《な》でていてから、壁に沿ってもう少し先へ進んだ。窓があった。私の頭より数十センチほど上で、何かに乗れば中が見えそうだ。私は近くを目で探して恰好《かっこう》の石を見つけた。あれを立てかければ窓に目が届く。どうしても中が見たいと思った。

実際にはその石材を動かすのはそう簡単ではなかった。試みると見た目よりずっと重い。両手で持つなど論外で、近くに落ちていた木の棒をテコにしてようやく立てることができた。抱きついて腰を入れてようようのことに持ち上げた。よろよろしながら礼拝堂の壁のところまで運び、立てかけ、そこに足を掛けて、壁に沿って身体を押し上げる。窓の縁に手を掛けて首を伸ばす。

石の高さが足りないので、窓枠に掛けた手に力を入れて身体を引き上げるようにしてようやく中が見える。

中は暗かった。闇の中に何かが見えた。大きな十字架が一つ。それから、四角くて、金色にぼんやりと光るもの。イコンだ。パナギア（聖母マリア）らしき像。赤ん坊は抱いていない。

目が闇に慣れてくると、その顔が泣いているように見えた。見ている目の前で涙が一しずく頬を伝って落ちた。いや、そんなはずはない。目の錯覚に決まっている。

これは嘆きの聖母だろうか？　ギリシャ正教の美術にマーテル・ドロローサという主題はあったか？

エル・グレコは嘆きの聖母を描いた。エル・グレコはこのクレタ島の出身で、ここにいた頃はイコンを描いていた。しかし、時代が違うぞ。ぜんぜん違う。

もう一度よく見ようと首を伸ばした時、手が滑った。窓枠の角に顎《あご》をぶつけ、はずみで乗っていた不安定な石を足が斜めに蹴《け》ったらしく、石は倒れた。私は宙に浮き、それから地面に落ちた。

腰と右の肘《ひじ》を打った。しかし最も強い衝撃があったのは左の足首だった。落ちて最初にそこが地面に当たったらしい。転がった姿勢から、痛みを確認しながら、ゆっくり半身を起こした。

深く呼吸して動転した心を鎮める。どこかから落ちるなんて何年ぶりの失敗だろう。動かずに少し待って、体内の興奮が引いてから、用心しながら身体の各部を動かしてみよう。損傷の程度を計測しよう。

私は一度起こした身体をまた地面に横たえた。仰向《あおむ》けに寝て、目を閉じ、あちこちの小さな痛みが引いていくのを待った。しばらくの後、残った大きな痛みはやはり腰と足首だった。腰は鈍痛だが足首の痛みは鋭い。骨がどうにかなっているみたいだ。

目を開けた。広い青い空が見え、礼拝堂の建物が見え、空には雲がたくさん見えた。高い薄い雲は整然と列を成して青空にかかっていた。

水が飲みたいと思った。ああ、水の瓶は車の中だ。

そこでようやく私は自分の窮状を認識した。ここから車までどうやって戻ろう？　足を痛めたのだ。歩けないかもしれない。車に戻れたとして、運転はできるだろうか？　痛いのは左。クラッチを踏む足だ。

ともかく急がないことにしよう。時間をかける。焦らない。もう一度、半身を起こして、痛くない方の足だけで立ち上がってみる。礼拝堂の壁に寄りかかって片足で立てたけれど、それ以上は何もできなかった。痛い足には体重を掛けられなかった。

先ほど石をこじって立てるのに使った棒が三歩ほど先に転がっていた。這《は》うようにしてそこまで行って拾い上げ、即席の杖《つえ》にした。両手でそれを摑《つか》んで立ち上がった。時には崩れた壁や石材の山にすがって、時には杖を頼りに片足で僅かずつ跳ぶようにして、足首をかばいながら出口を目指した。

まだ日はある。夏だから日は長い。

疲れれば休み、少し待ってまた進む。

事態はさほど深刻ではない。むしろ滑稽《こっけい》。

車まで戻るのに一時間かかった。いちばん大変だったのは修道院の門を出てから車までの平坦《へいたん》な草地の二百メートルほどだった。何も身体を支えるものがない。棒一本に両手でしがみついて、少しずつ跳ぶ。高さ十センチの棒高跳びを繰り返す。

車に着いて、まず助手席に坐った。水を飲む。

さて、どうしよう。この左足の状態ではクラッチは踏めない。運転は論外。誰かに助けてもらうしかないが、ここには誰もいない。このままここで待ってもいいけれど、もう夕方だしこれから見物の観光客が来るとは思えない。

さっきの修道院からここまではちゃんとした道だった。先の村を経てイラクリオンの方へ通じる道の途中から分かれて登ってここに来た。ここからは下り道だけを辿《たど》ってあの分岐へ戻れる。ニュートラルのまま右足のブレーキ操作だけで走らせられる。

このままここに残って警笛で助けを呼ぶということも一瞬だけ考えた。断続的に鳴らしつづければ誰かが不審に思って来てくれるだろう。しかし私は積極的に自分から動く方がいいと思った。ここで耳障りな警笛の音をたてながらただ待つのは嫌だ。

私はエンジンを掛け、ブレーキを踏んだままサイド・ブレーキをはずした。車は動き出した。道はずっと緩い下り坂だった。用心深く、十メートルごとに一度は止め、百メートルごとにサイド・ブレーキを引いて深呼吸して、後戻りのできない道をしずしずと下りていった。緊張の数百メートルの後、本道に出た。そこで車を止め、杖を持って外に出て、誰かの車が通るのを待った。

十五分ほど待ったところで地元の農夫のトラックが来て、事情を聞き、私を近くの村まで連れていってくれた。とりあえずその村でたった一軒の宿に運び込む。宿はカフェを兼ねていたし、気が付いてみればそれは日曜日の夕方だったから人がたくさんいた。村の男の半分はそこに集まっていたのではないか。

病気ではなく怪我《けが》とわかって、私は寝床ではなくカフェの椅子に坐《すわ》らされた。足首はずきずきしたが我慢できないほどではなかった。カフェの奥から小柄な老婆が出てきた。地面に膝をついて私のスニーカーを上手に脱がせてくれた。時間をかけて紐《ひも》をぜんぶ緩め、そっと足から外すようにする。くるくると靴下を脱がせる。足首は腫《は》れ上がっていた。

触診する。カフェのみながじっと老婆の手元を見ていた。

「骨は折れていないようだ」と言った。

その声にはどこか威厳があり、ふるまいからしてもみなに尊敬されていることがわかった。男しか集まらないカフェにいたのだし、この宿の人だろうかと私は考えた。

次に私は、自分が何者であり何が起こったかを報告させられた。

「ハニアから来た。古い方の修道院の中をぶらぶら歩いていて足を痛めた」と私は先ほどの農夫に言ったのと同じことを繰り返した。礼拝堂と泣いたイコンのことは言わなかった。

「ここには医者はいない」と老婆が私に言った。「しかしあんたの足はそんなに悪いことにはなっていないよ。一晩ここに泊まって、明日《あした》も痛みがひどいようなら誰かにレシムノの病院まで連れていかせる。あそこには身体を透かして骨を見る機械がある」

言われたとおりにするしかないだろう。

「ありがとう。あなたのお名前は？」と私は聞いた。

「女に名前を聞くなんて」と言って老婆はわずかにはにかんで笑った。「エレニだよ。この宿はわたしの息子がやっている」

そう言って、傍らに立った大きな男を示した。

「ヨルゴだ」と男は言い、私に手を差し出した。

誰かをやって車を取ってきて貰《もら》えないかと私はヨルゴに頼んだ。すぐに若い男が二人立って、私から鍵《かぎ》を受け取り、農夫から車のありかを聞いて、出ていった。

その後でカフェの男どもが、こういう怪我の場合、ワインとラキのどちらが鎮痛効果があるかという議論を始め、それを明らかにするために私の前に両方のグラスが置かれた。みんなのおごりだという。ラキというのは葡萄《ぶどう》の搾りかすから造る蒸留酒で、イタリアでグラッパと呼ばれるものとほぼ同じ。私が知るかぎりギリシャではクレタでしか造らないし、それもブランドはなく、空瓶を持って量りで買うような安い酒だ。

しかしそのラキはうまかった。地元の赤のワインもうまかった。どうせ今日はここに坐っているしかない。私は酔い、みんなが酔い、誰かが歌い、誰かがバイオリンとクラリネットを持ち出し、みんなが立って踊った。怪我をしている私は踊れなかった。その代わり目の前に出てくる料理をどんどん食べた。

実は酔いが回るにつれて足首は鼓動のたびにずきんずきんと痛んでいた。さっきエレニは何か膏薬《こうやく》を塗った上からきつく包帯を巻いてくれた。それが効いているのはわかったが、酒は飲まない方が賢明だったかもしれない。つのる痛みを堪《こら》えて私はそう思った。

夜遅く、二人の若い男が私を椅子ごと奥の寝室に運んでくれた。階段を上る必要のない一階の部屋。そこで寝床に身を横たえてからも足首は痛んだ。結局、私は日曜日の村人たちにちょっとした楽しみをもたらしたらしい。よそ者が闖入《ちんにゅう》して一夜を盛り上げた。

明日はどうしよう。足はどうなるだろう。しかし今は眠るしかない。寝返りを打つ時に足に気をつけなくてはと思いながら私は眠りに落ちた。

眠りは浅く、曖昧《あいまい》な夢が続いた。修道僧たちの列が限りなく続き、イコンの聖母が静かに涙を流していた。

翌朝、私は例の即席の杖を両手で握って、壁に背中を預けるようにして、寝室からカフェに出た。途中で店主のヨルゴが気づいて肩を貸してくれた。外のテーブルに着いて、目の前に広がる谷間《たにあい》とその向こうの山の景色を楽しむ。

朝食はパンとコーヒー、オレンジ。パンには小皿に載せたバターと蜂蜜《はちみつ》が添えてあった。皿の上でバターと蜂蜜を捏《こ》ねてからパンに塗る。ヴーティロメリというこの食べかたが私は好きだ。オレンジは地元の産らしい。

今日のことを考える。

足首はまだ痛い。歩くことはできないし、クラッチも踏めない。しかし骨折ではないという昨日のエレニの言葉は正しいようだ。一夜明けて悪化した感じはなかった。

捻挫《ねんざ》で済んだらしい。無理に歩いたりしなければやがて治る。レシムノの病院までレントゲンを撮りにいく必要はない。

ではどうするか。誰か人を頼んで車を運転してもらうことはできる。それでメトヒ・キンデリスに帰ることはできる。しかしその後の生活に困るのは明らかだ。苺《いちご》のおばさんは掃除はしてくれるけれど、食事の用意までは頼めない。一人では暮らせない。このままここにいるしかないようだ。

そう思った時、エレニが現れた。

「どうだね、あんたの足は？」

「そんなに悪くない。レシムノには行かない。だが、ハニアに帰っても暮らせないから、しばらくここにいたいんだが」

「あんた、うちは宿屋だよ。客を断るはずがないだろ」

そう言って笑った。「だいたい、いい歳をした男が一人旅というのが間違いだよ。旅先だけでなく家に戻っても一人なのかね」

私は苦笑してそれを認めた。

「女が一緒だったら昨日だってあんな苦労はしなくても済んだんだ」

それはそうだ。私の災難は足をくじいたことではなく、その時に一人だったことだ。そこをなんとか切り抜けた後は不便はあっても辛《つら》い思いはしていない。ちなみにギリシャ語では妻と女はギネカという一つの言葉である。アン・エホ・ギネカ……、女がいれば、妻がいれば……

その日は一日ずっとカフェで人の出入りを見て過ごした。この規模の村ではカフェはすべての情報の交換所である。たくさんの人が立ち寄り、会って喋《しゃべ》り、時にはヨルゴに何か伝言を託して去る。それをヨルゴは確実に相手に伝える。メモするわけでもないのに遺漏はないようだった。

たくさんの言葉がコーヒーやウーゾやラキと共にこの店を行き来する。老人たちがチェスや双六《ターブリ》やトランプをしている。

午後、ヨルゴが松葉杖《まつばづえ》を持ってきてくれた。Aの字をひっくり返して長く伸ばしたような素朴な形。

「あれば便利だろう」

「誰の？」

「村の者が届けてくれた。ここにあるんだから使いなさい」

しかしその松葉杖は私には長すぎた。両足が地面から浮いてしまう。

それを見たヨルゴは奥から鋸《のこぎり》を持ってきて長さを詰めようとした。

「切ってしまっていいのかな？」

「ああ。次はあんたよりもっと背の低い男に使わせる」

それでは短くなる一方だと思って私は笑った。

ヨルゴも笑った。

松葉杖は最適のサイズになった。

「この村はみんないい人だね。いかにも平和だし」

そう言ってから、これが何の意味もないお世辞であることに気づいて後悔した。

ヨルゴはじろっと私を見た。

「見た目は羊、心は狼」と言う。

「それはどこでも」

「そうなのか。ここは格別と俺は思ってきた」

ヨルゴはそれ以上は言わず、カフェの掃除に戻った。

私は松葉杖であたりを少し歩き回り、汗をかいて席に戻った。読むものも持ってこなかったし、今日も一日ずっと景色を見ているしかない。そういう日なのだろう。

昼にはほうれん草のパイとサラダを食べた。サラダには白い山羊《やぎ》乳のチーズと黒いオリーブと赤いトマトが入っていた。それにワインを一杯。

食後のコーヒーを飲んでいる時にエレニがやってきた。

「具合はどうだね？」

「退屈だ」

「贅沢《ぜいたく》なことを言いなさんな。働かないでも済む身分なんだから」

「クレタに来るまでものすごく働いた」

「だからご褒美に神様がくださったんだよ、その怪我は」

「別のものがほしかった。美しい女とか」

「それが災いの元。ここの美しい景色の方がいいよ。安全だし」

それはそうだがと思いながら私は口をつぐんだ。

「昨日から気になっていたんだが」とエレニが言った、「あんたはあの修道院のどこで足をくじいたんだい？」

落ちたとだけ言って、くわしいことは敢《あ》えて話してなかったのだ。ちょっと恥じ入る思いもあったし。

「小さな礼拝堂があった。高い窓から中を覗《のぞ》こうとしたら、踏み台にした石が倒れた」

エレニの表情がふっと変わった。真剣な顔になった。

「なんでまた中を覗こうとしたんだね？」

「あれは他の建物よりもずっと整備されている。だから惹《ひ》かれた。外側のどこかに名前が彫ってあったな……そう、ミルトスのために、だったか。今思い出した。他と違ってあそこには扉があって、おまけに錠が掛けてあった」

「窓から中は見えたかい？」

「大きな十字架があった。それから聖母のイコン」

エレニは黙っている。

ゆっくりとため息をついた。

「それで？」

「そのイコンの聖母が泣いたんだ。涙が頬を伝って落ちた」

エレニが私の目を正面から見た。

「まさかと思ってもう一度見ようと思った時に、手が滑って、足場を失った。下に落ちた」

エレニは私の隣の椅子に坐《すわ》った。

「今日は何日だい？」

「八月の二十三日かな」

「昨日は？」

「二十二日」

「そうだよね。一週間前にキミシスのお祭りをしたところだった。昨日が二十二日だったんだ」

キミシスは聖母就寝の大きな祭日である。八月の十五日。

しばらく何か考えている。

「あれから五十年だ」とエレニは言った。

私は黙っていた。

「あの礼拝堂だけがちょっと違うんだ。あれはもともとは修道院の墓地の礼拝堂だった。トルコ軍があの修道院をすっかり壊した時、あそこも壊された。でもそれを修復した者がいた」

エレニは遠いところを見る目をしていた。

「あんたが怪我をしたのは深い意味があることかもしれない。ちょうどその日だったんだから。あの時もキミシスのお祭りから一週間目だった。あの人が行ってしまったのは。五十年たったんだよ、あれから。このところ忙しくてわたしも忘れていたよ」

そこでちょっと口をつぐむ。

「聖母がお泣きになったのはわたしへのお伝えかもしれない。忘れるな、思い出せと言っていらっしゃるのかもしれない。そのお伝えをあんたがくじいた足で運んだ。苦労して歩くことにはいつだって意味があるんだ。主イエスが十字架を担いでゴルゴタの丘に登られたように」

私は使者だったのか。でも、どういうメッセージの？

「神父さまに頼んで今度あそこでおミサを挙げてもらおう」とエレニは言った。

この足の状態ではそのおミサの時まで私はここにいることになるかもしれない。

「話してあげようか、その足首の痛みのおぎないに。わたしをあの時に連れ戻してくれたお礼に」

2

「男が一人ね、村にやってきたんだよ」とエレニは話した。

はじめは村を過ぎていく旅人だとみんな思った。小さな鞄《かばん》を一つ持っていた。着ているものは汚れてぼろぼろになっていたが、その意匠はどこか都会風だった。ふるまいも近隣の百姓ではなく、ずっと遠いところから来た者のようだった。

この宿に泊まった。そのまま居続けたのだから旅の途中ではないように見えた。公務ではないし、誰かに会いに来たのでもない。

無口だった。本当に必要なことしか言わない。誰ともうち解けない。昼間は出かけている。村の周囲のあちこちで見かけたとみなが噂した。あの頃はみんなよそ者には今よりずっと関心と警戒心があったからね。

名前だけはわかった。宿に泊まる時に本人がミノスと名乗った。姓は言わなかった。

ほっそりしていたけど背が高くて、目と鼻がくっきりして、いい男だったよ。歩く時に片足をちょっと引きずった。

都会風だって言ったね。みんなアテネから来たのだと思った。だから何かのきっかけで誰かがアテネのことを聞いた。ミノスはアテネは知らないと答えた。行ったこともない。

じゃあ、あんたはどこから来たんだね？　どう見てもこのクレタの者ではない。あんたには都会の匂いがある。あんたの言葉には別の土地の響き、別の土地の訛《なま》りがある。しぐさが違う。

そう聞いても、ミノスは首を横に振るだけで答えない。

それでも慎《つつ》ましくて害のない男だということはわかった。村の娘たちには目もくれない。宿賃は前金できちんと払う。日曜日には教会に行って、いちばん隅の席に着く。でも聖体拝受の列には並ばない。

そのうちにミノスは修道院に通いはじめた。上の方だよ。あんたが怪我《けが》をしたところじゃない。今も修道僧たちが祈りと労働の日々を送っている方。あそこに行って、一日中いる。建物の中には入れないから（今と違って観光客なんか誰もいない頃だったよ）、敷地の中をうろうろして、教会で祈っている。院長のところに行って何か仕事はないかと尋ねたという話が伝わった。賃金が欲しいわけではない。何か奉仕したい。

院長は（立派な人だったよ。後で、戦争中に、ナチスの目を盗んでたくさんのイギリス軍将校を匿《かくま》って逃がした。最後には自分も逃げるしかなくなって、潜水艦に乗ったよ。戦後、戻れないうちにエジプトで亡くなった）、ミノスの話を丁寧に聞いてやった。

ミノスは自分の出自などは問われても答えない。ただ半端な仕事でいいから何かさせてほしいと言う。しかし修道院はそんな風には人を雇わない。そんな風に人を使わない。

院長は、この男は魂に何か重い荷物を負っていると気づいた。そこで、いっそ修道院に入って暮らさないかと問うてみた。

ミノスは、それはできないと答えた。自分にはその資格がない。

「ご推察のとおり、自分は魂に重い荷を負っている。その荷が僅《わず》かでも軽減できるまではお仲間には入れてもらえない。聖体拝受に与《あずか》れないのと同じ理由だが、今は詳しくは言えない。しばらく待ってもらいたい。この修道院に入って生涯を終えられればこんな嬉《うれ》しいことはないけれど、それはまだまだ先だと思う」

こうまではっきり返答されて、院長は提案を引っ込めるしかなかった。こういうことをわたしたちはみんな後になって聞いたんだけどね。

そのうち、ミノスは下の修道院を見つけて、あそこに通うようになった。あんたが怪我をしたところだよ。パンと水を持って毎朝ここを出ていく。ここから歩いて一時間はかかる。行って、一日中あそこにいて、また夕方になると帰ってくる。時には一夜を明かすこともあったね。

修道院はもともと下の方のが最初にあったんだ。でも、クレタがギリシャのものになる直前の戦乱の時に、トルコの兵隊たちがさんざ乱暴をして壊してしまった。それで修復するかわりに新しく上の修道院を造ったんだよ。だから下の方は見棄《みす》てられて廃墟《はいきょ》になっていた。

そこへミノスは通った。荒れているからちょっと片づけたり、通れないところを通れるようにしたり、ゴミを一か所にまとめたり、することはいろいろ見つかる。ここが自分の働きどころと思ったんだろうね。何のためかはともかく。

あの人には贖罪《しょくざい》の必要があった。

自分の魂に追い立てられていた。

そういうことも後になってわかったんだが。

そうやって毎日あそこに通っているうちに、礼拝堂に惹《ひ》きつけられた。小さいし、それに祈りの場だということがあの人には大事だった。しかも墓地の礼拝堂だ。死者の平安を祈るところ。

あれを元の姿に戻そうと思い立った。修道院ぜんたいを相手にするのではなく、あの礼拝堂に集中する。それがとても意味のあることに思えた。

あんたも見ただろうが建物には壁に大きな穴が開いていた。トルコ軍の砲弾が開けた穴だ。内側には大きな瓦礫《がれき》の山がある。もとはその壁だった四角い石が崩れて山を成している。あの石をまた積めば壁は修復できる。果たして自分にできる仕事だろうかと考えた。

あの人は内部もよく見た。めちゃめちゃになっていた。聖障は破壊され、イコンは残っていなかった。香炉など祭具がいくつか床に転がっていたがどれも形が歪《ゆが》んだり割れたりしていた。

まず壊れた壁の瓦礫の山の石を一つまた一つと外へ持ち出した。手押し車があれば楽だっただろうが、そんなものはない。一つずつ両腕で持ち上げたり転がしたりしながら運び出して、いずれ壁を直すのに使うつもりで平らな地面に並べた。

半分ほど石を片づけた時、残った石の山の下から死体が出てきた。

最初に見えたのは骨だけの手だった。石を一つ持ち上げた時にそれが目に入り、びっくりして抱えた石を自分の足の上に落としかけた。石を脇に置いて、寄ってよく見る。まちがいなく手の骨だ。手首に黒い布が絡んでいた。衣類の一部らしい。

恐くなって建物の外へ出た。

しばらく考えた。あの壁が砲撃で破壊された時にその下敷きになったのだ。とても運の悪い男。仲間は彼が死んだことに気づかなかったのか。それどころではなく急いで逃げたのか。

故意ではなかったかもしれない。砲撃する側はそこに人がいることを知らなかった。戦争につきものの犠牲者。

それでも人は死ぬ。人が人に対してするいちばんひどいこと。殺人。死体を見た時にその言葉がすぐ頭に浮かんだ。残された死体、迷う魂……。

それから三日間、ミノスは修道院に行かなかった。死体に取り憑《つ》かれていた。宿にいることもできなかった。いつものように外へ出て、しかし足は修道院へは向かわず、横道に逸《そ》れて山の中をただうろうろと歩き回った。

手の骨だけ見えていた死体がミノスに付きまとった。頭から振り払うことができなかった。

人は自分に割り当てられた死体を振り払うことはできないんだ。

四日目に彼は決心して修道院へ戻り、礼拝堂に近づく前に墓地の一角を整備して、平らに均《なら》し、深い穴を掘った。それだけで二日かかった。

それから礼拝堂へ戻り、死体を埋めた石をまた一つずつ運びだした。次第に死体が見えてきた。やはり黒い衣をまとった僧だった。修道院だから予想していたことではあったが。

　肉は残っていない。何か所も骨が折れ、頭蓋骨《ずがいこつ》は砕けていた。一瞬の死だったのだ。最後の痛悔も祈りもない突然の死だったのだ。

　彼は死体の横にひざまずいて祈った。どういう祈りを唱えればいいのかわからなかったから、ただ自分の言葉で精一杯に死者の魂の平安を祈った。

　上の修道院に行って事情を話し、僧たちに来てもらってミサをあげるべきなのだろう。だが、どうしてもそうしたくないという思いがあった。放置された死体を自分一人で埋葬したい。すべて一人ですることで自分自身の魂を僅かばかりでも浄化したい。この件は誰にも任せたくないし、告げたくない。これは自分一人で負うべき死者だ。せめて棺《ひつぎ》の中に安置して運び出せればいいのだが、棺を用意することはできない。せめて板に乗せてと思ったけれどそれもない。靭帯《じんたい》が消滅してばらばらになり、しかもあちらこちらで折れたり砕けたりしている骨を一片ずつ麻布の袋に入れて運んだ。掘っておいた穴になるべく元の位置になるように並べた。死体の胸のあたりに転がっていた金の十字架も再び同じあたりに置いた。生前は首から下げていたのだろう。高価なものだから高位の僧だったのか。

　土を掛け、長い間祈った。

大きな石材を一つ苦労して運んで死体の頭のところに立てた。墓標の代わりだった。

3

それから一年間、ミノスは礼拝堂の修復のために働いた。まず、上の修道院に行って、院長に許可を求めた。何のために礼拝堂を直すのかという問いにミノスはうまく答えられなかった。自分の魂のためか、あるいは迷っている

それを許す権限が自分にあるかどうかわからないと言いながら、院長は彼に祝福を与えた。もしも村や教会の誰かから異論が出たら擁護してやろうと言った。これまで何度か話して、どこの誰とも知れないこの若い男を信用する気になったらしい。話したといっても実際には喋《しゃべ》ったのは院長ばかりでミノスはほとんど黙っていたのだが。

まあいずれにしても荒れた礼拝堂一つの問題だ。

一人でそれを行うだけの伎倆《ぎりょう》がおまえにはあるのかという問いにミノスは曖昧《あいまい》にうなずいた。「やってみます」と小声で言ったが、「至らないところは神がお手を貸してくださるでしょう」とは言わなかった。院長はずっと後になって気づいたのだが、ミノスが人の前で神の名を口にしたことはほとんどなかった。キリストの名もマリアの

名も、聖者や天使たちも。

ある日、ミノスはイラクリオンへ行くと言って出た。五日後にロバを曳《ひ》いた若い男と一緒に戻ってきて、そのロバにはたくさんの道具が積んであった。それがみな石工の道具だと知って、村の人々はびっくりした。この男は本気だ。

それまでは宿の一室で暮らしていたけれども、それを機に村のはずれに家を借りることにした。森の中の小さな農家で、老いた夫婦が住んでいたのだが夫は亡くなり、妻は娘の嫁ぎ先へ移って、家は空き家になっていた。近くにある畑も貸したいのだがと言われたミノスはそちらはいらないと答えた。自分は畑はしない。

宿の部屋でも暮らすことはできるけれど、道具類や材料を置く場所がない。だから家を借りたと言った。石工の仕事のことをミノスはよく知っているようだった。前はそういう仕事をしていたのか、と村の人々は噂した。

それからミノスはロバを一頭買った。修道院までは徒歩なら一時間ほどで、だから毎日歩いて往復するのはなんでもないが、それでも道具や材料を運ぶにはロバがいた方がいい。この前、イラクリオンの買い物を運ばせた時、ロバの威力を知ったらしい。

家を借りるのもロバを買うのも、この宿の主《あるじ》が手を貸した。わたしの父親だよ（とエレニは言った）。ミノスが流れ者で信用がないところを補って、村人との仲を取り持った。来てから何週間か見ていて、院長とミノスが話す時にたまたま同席したこともあったし、父も信用できる男だと思ったんだね。それで手を貸す気になった。

信用と言ったって家は前家賃だし、ロバの代もあの人は即金で払った。うちにいた頃も宿賃はきちんと払った。村の店でものを買うのに掛けにしたことはなかった。いつも現金だった。お金は持っていたんだよ、ミノスは。それもまた村の人たちが何かと話題にしたことだった。

石工の仕事については詳しいし、手も力のある強い手だったけれど、身体つきの方はまるで紙とペンを相手にしている役場の書記のようだった。

それにロバの扱いも知らなかった。それやこれやできないことがたくさんあるので、ミノスはしばしばわたしの弟の手を借りた。弟はアレクシスといって、あの時は十五歳。わたしは一つ上で十六歳だった。

本当を言うとわたしたちは二人ともミノスに惹《ひ》かれていた。よそから来た人だ。謎めいていて、静かで、暗くて、何を考えているのかわからない。なぜ礼拝堂を直すのかわからない。しかも間違いなく都会の人だ。話すギリシャ語にも少し訛《なま》りがあって、それはどこか遠いところの言葉なんだ。アテネではないと本人が言うからきっとコンスタンティノープルだとみんなは話した。なんの根拠もない憶測だったけれどね。

弟とわたしはよくあの人のことをこっそり話した。仕事を手伝えるというのでアレクシスは喜んだし、弟と一緒に行けると思ってわたしも嬉《うれ》しかった。つきまとって、することをぜんぶ見ていたいと思っていたけど、若い女のわたしが一人で知らぬ男の仕事場や家に行くわけにはいかないからね。

ミノスは週に何回かアレクシスを修道院に連れていった。わたしもよく理由をつけて一緒に行った。道々、若いわたしたちはうきうきしていたけれど、ミノスはほとんど何も言わなかった。歩いている時もずっと黙ったままだ。一人で何かものを考えている。井戸の中の人だとわたしは思った。心の井戸。

最初の時、荒れた修道院に入って、瓦礫《がれき》の山を越えて奥の方に行き、わたしたちに礼拝堂を見せた。これをもとのとおりにすると言った。やりかたはわかっている。時間をかければ自分一人でできる。どうしてももう一人の手がいる時に手伝ってほしい。それから朝晩のロバの世話を頼む。

家の中の掃除と食事の支度をしましょうか、とわたしは申し出た。そうすればミノスの暮らしや人柄がわかる、それだけ近くにいられる、とわたしは考えたんだ。でもあの人はそれは必要ないとそっけなく言った。それくらいは自分でできる。夕食はおまえたちの宿に食べに行く。家では人手はいらない。

弟は朝と晩にミノスの家に行ってロバに餌をやった。昼間、荷物を積んで修道院までロバを御して行くくらいはミノスもすぐに覚えた。ロバは頑固で始末の悪い動物だが、それでも飼っていればだんだんに飼い主の言うことを聞くようになる。餌だって二週間もすればやりかたはわかったはずだけど、それでも弟の仕事は続いたし、お給金はいただいた。

月に一回くらい、ミノスはレシムノまで一人で出かけた。ロバに乗っていけばいいのに三時間ほどの道を歩いて行った。きっとロバの扱いにまだ自信がないからだろうとわたしたちは話したよ。とんでもないところで立ち往生したら困るからね。

あの頃はなんでもロバで運んだものさ。自動車のせいで最近はずいぶん減ったけれど、それでもまだこの村には二十頭くらいは飼われている。年寄りたちは自動車よりロバを信用している。ロバなら主人が足をくじいても家まで運んでくれるからね（と言ってエレニは私の顔を見て笑った）。

ミノスの話だったね。何のためにレシムノに行くのか最初はわからなかったが、ある時たまたま同じ時にあの町にいた村の者が、ミノスが銀行に入っていくのを見た。きっとお金を受け取っているんだ、とみんなは噂した。暮らし向きは質素そのものだが、ミノスは金に困ってはいなかった。この村に来てから稼ぐための仕事は何もしていない。家も借りたしロバも買った。石工の道具だって安いものじゃない。毎月どこからか金が送られてくるんだ。いい身分だ。

礼拝堂は、砲撃で崩れた穴をまずは塞《ふさ》がなければならない。建物の中と外に散った石材を一つずつ運んで一か所に集め、整理した。前に中で死体を見つけた時はなんでも手で運ぶので大変だったけれど、今度はイラクリオンで買った手押し車があった。これでだいぶ楽になった。

買った道具の中には革袋が二つあった。石灰を捏《こ》ねてモルタルを作るには水がいる。水は谷へ降りて川から運び上げる。そのためにロバがずいぶん役に立った。水を入れた革袋を鞍《くら》の両側に縛りつけて水を運んだ。

修復は本当ならば三人か五人の男でやる仕事だった。親方がいて、職人がいて、下働きがいる。それをミノスはほとんど一人でやった。五人でやる仕事を一人でやるとなると、実は五倍以上の時間がかかる。それでもミノスは人を雇いはしなかった。村の人たちは、金があるんだから雇えばいいと陰で言ったが、ミノスは黙々と働き、一人の手に負えないところは何か工夫をして、いよいよ困るとアレクシスの手を借りた。手は石と水とモルタルを相手にしているうちにだんだん荒れたけれど、身体つきはいつになっても都会の人のようにほっそりしていた。力仕事をしているようには見えなかったし、日がたつにつれてもっと痩《や》せていくようだった。

手を貸すことは少なかったが、アレクシスはよく知恵を貸した。なかなか賢い子だったんだ、わたしの弟は。壁の穴の修理がむずかしいのは、穴の位置が高いからだ。人の背の高さの倍くらいのところにある。そこまで石を運び上げるには足場がいる。足場を組むには材木がいる。どこから調達するか。

ミノスは山に行って木を伐《き》ると言った。初めからそのつもりだったのか、買った道具の中に斧《おの》があった。木を伐って、枝を落とし、現場に運んで縄で縛って足場を組み立てる。時間をかければできる。上の修道院の山から木を少し分けてもらう。院長は許してくださるだろう。

アレクシスは、それなら材木を買えばいいと言った。村には冬の薪を人々に売っている木樵《きこり》がいる。家の修理のための木なども扱っている。あの男に言えば足場用の材木を用意してくれる。村ではみんなそうしている。木を伐るのはなかなか危ない仕事だし、枝を落として運び出すのだって大変だから。

アレクシスはそう説明した。まだ若かったけれど、そういう話をしている時は大人に見えた。わたしもそのとおりと思った。

でもミノスはできれば自分でやりたいと言った。そんなに太い木が要るわけではない。せいぜい大人の腿《もも》くらい。それが十本ほど。外に組んだ足場で壁を修理して、内装の時は解体して中でまた組み立てる。板も少しいるけれど、板はあの修道院のあちこちに落ちているので間に合う。

なぜ木を伐るのまで自分でやるかと言えば、これは自分に言いつけられた仕事だから、とミノスは話した。誰が言いつけたのかは言わない。なるべく金は遣わない。この腕の力でやらなければならない、と言って左手で右の腕をさすった。わたしたちが知っている村の大人ならばこういう時は「これは主へのお勤めだから」と言う。

後でミノスの話を聞いてから、それにもっと大人になっていろいろ魂の苦労を重ねてから、わたしにもわかったんだよ、あの時にミノスは礼拝堂の修理という労働を通じて主と話していたんだとね。あの仕事ぜんたいが主のお赦《ゆる》しを求めての祈りだったんだ。だから金で人を雇ってはいけなかったんだ。どこからか銀行に送られてくる金で労働を他人に肩代わりさせてはいけなかった。アレクシスに手伝わせるのも本当に少しだった。どうしても同時に二人の手がいる時だけだった。

あの人は上の修道院長の許しを得て修道院の山で木を伐り、枝を落とし、長い綱でロバに曳《ひ》かせて山の斜面から道路へ引き出した。そこで束ねてロバに礼拝堂まで運ばせた。足場を組む時は一人ではできないからアレクシスが手伝った。わたしも行って見ていた。三人分の昼食を用意して持っていってあげたよ。

今だから言うけれど、こんな歳になって色恋の思い出もみんな遠くなったし、夫も死んで久しいから言うけどね、あの時はわたしはミノスに心から夢中だった。十六の娘が十も年上のよそ者に熱を上げたのさ。この腕の力でと言ってあの人が左手で右の腕をさすった時、わたしはあの手で触ってもらえたらと思ってぼーっとなって、そう気づいた時には顔が真っ赤になった。あの右の腕をわたしの手でさすりたいと思った。だけどあの人は決してそんな目でわたしを見なかった。いつも弟が一緒だったけれど、それでもアレクシスがちょっと木の端切れを探しに修道院の中をうろつくようなことはあった。わたしはあの人と二人きりになった。目を見て手を握ってくれたらとどきどきした。でも駄目なんだよ。あの人はわたしのことなんかほとんど見もしない。ミノスはそれは様子のいい男だった。日曜日に白いシャツに黒いズボンでこのヵフェの前に立っている姿を後ろから見ただけで、ああ綺麗《きれい》な姿だとわたしは思った。この村育ちとは土台が違う。

髪と目が黒い者はたいてい肌も浅黒いものだが、ミノスは肌が白かった。背丈は高めで痩せていた。髪は長め、いつも鍔《つば》の広い黒い帽子をかぶっていた。歩く時は少しだけ足を引きずって歩いた。ああ、おまえさんと同じ左足だよ（とエレニは言って、私のくじいた足を指さした）。だから、そのあんたの怪我《けが》はマリアさまのお報《しら》せだと思ったのさ。きっとそうなのさ。

ミノスは細面で、口はしっかり大きくて、眉《まゆ》もはっきりして、でもその目はいつでも遠くを見ていた。誰かと話す時も目を合わせない。それがずっと以前からのことなのか、それともこの旅に出てからなのか、わたしらにはわからなかった。何が理由で旅に出たのかもわからない。必要なこと以外は口をきかない。自分のことを説明しない。それといつも遠くを見ていることは同じ理由だったかもしれないね。だからたまにミノスに正面から見られるとそれだけでどきどきしたよ。

でもね、たいていの時はあの人は悲しそうだったんだ。一所懸命に働くのに、働いても働いてもやっぱり悲しいんだ。山で木を何本伐っても悲しさが消えないんだ。だから夢中になって働いたのさ。なんだか自分をいじめているみたいで、見ている方も悲しくなった。それがあの時のわたしの気持ちだった。

ときどき恐いと思うことがあったよ。あるとき、わたしとアレクシスが修道院に行くと、あの人の声が聞こえた。大きな声で喋《しゃべ》っていた。珍しいことだと思ってわたしと弟は顔を見合わせた。誰か訪ねてきたのだろうか。

わたしたちは崩れた建物の壁を回って、ミノスが見えるところに出ようとして、足を止め、そっと身を隠した。だって、その場には誰もいないんだもの。

ミノスは並べた石の一つに坐《すわ》って、空の方を見て、誰かに向かって話している。

「そうです」

「はい」

「力を尽くしております」

「辛《つら》いことです」

「いいえ」

だけど、あの人の話の相手は誰もいない。建物の角からそっと顔を出して見ても、耳を澄ましてみても、誰もいない。

わたしたちはそっと引き返した。今あそこに行ってはいけないと思った。あの人は頭がおかしいのだろうかと帰りの道で話した。たぶん神様と話しているんだ。でも、人は神様に話しかけても、そのお声を聞くことはない。神様やキリスト様やマリア様とあんな風に会話はしない。それができるのは精霊に憑《つ》かれた聖者か、そうでなければ悪魔に憑かれた者か。

次に行ったときはミノスは普通に戻っていた。

足場が組み上がって、穴を塞《ふさ》ぐ仕事が始まった。これはミノス一人でできる。滑車と綱で石を引き上げ、綱の端を足下の大きな礎石に結んでおいて、上に行って宙にぶらさがった石を引き寄せて足場の板の上に乗せる。いくつも上まで運び上げ、大きさと形を合わせて選び、モルタルを盛ったところに置く。力を加減しながら重い槌《つち》で何度も叩《たた》いて細かく位置を合わせる。その次の石を選ぶ。さっきの石の横に置く。その繰り返し。穴の上の壁がしっかりしていて崩れる心配がないので助かるとあの人は言った。百年前の腕のいい職人が手を抜かずきちんと仕事をしたんだ。そうでなければトルコ軍の砲弾一発で礼拝堂ぜんたいが崩れていただろう。そういえば、あの人は礼拝堂の奥で瓦礫《がれき》の下からその時の砲弾を見つけたよ。今も中に置いてある。

石の段はだんだんに高くなっていった。そのたびに足場を継ぎ足して高くして、最後に壁の穴は塞がった。おしまいの方では石を切って削って大きさをぴったりにしてはめ込まなければならなかったが、その腕は見事だった。鑿《のみ》と槌を持ったあの人は格別いきいきして見えた。

壁が完成したところで石の仕事は終わって木の仕事に入った。そうしたら、そっちの方も上手だったんだ。本職は石工ではなく大工かもしれないと思ったほどで、わたしと弟はそのことを話し合った。

木の仕事の最初は扉だったね。あんたは知っていると思うが（とエレニは私の顔を見て言う）、教会の扉はオリーブの材《き》で作るんだよ。五百年もずっと実をつけ続けたオリーブは伐られると家具や扉になる。堅くて重いし、油を含むから決して朽ちない。でもオリーブの幹はねじくれていて、大きなまっすぐな材が取れないんだ。扉を作るのは組木細工みたいな仕事、大工というより指物師の仕事だ。それをあの人は礼拝堂の中を工房にして、器用に楽しそうにやった。いくつもの道具を次々に使い分けた。

いったいどういうことをしてきた人なんだろうとわたしとアレクシスは話した。わたしはあの人に恋をしていたが、本当を言うとアレクシスも同じ気持ちだったのさ。あれはただの崇拝ではなく恋だった。二人とも口にはしなかったけど、お互いわかっていた。どちらも相手にされなかったし、だから互いに嫉妬《しっと》もしなかった。ともかくミノスに声を掛けてもらい、何か手伝わせてもらい、役に立つことが嬉《うれ》しい。いけないことと知りながら、夜になるとわたしはミノスに抱かれる夢を見た。たぶん弟も同じ夢を見ていたよ。わたしはまだマリア様と同じ身体だったし、弟だってまだそういうことは知らなかったと思うよ。

その間にもあの人はいよいよ痩《や》せていった。どこから鑿や鋸《のこぎり》をふるう力が出るのかと思うほど細い身体になった。鍔の広い帽子をかぶって左足を引きずってふらふらと歩く姿を見て、今にも風で飛ばされそうだとわたしの父は言った。

だって、ほんとうに少ししか食べないんだもの。うちに来て食事をするときも他人の前菜くらいの量で終わってしまう。飲むのもワインではなく水だけ。ほんとうにお金がない人みたいだけど、お金はあるんだよ。いいオリーブ材をたくさん買ったんだから。

扉作りはあれで二週間くらいかかったかね。最後にミノスはアレクシスと二人で戸口に扉を取り付けてみた。扉は大きいし重い。取り付けては枠に合わない部分をしらべて、また外して削り、また取り付け、ぴたりと収まるようにするのに半日かかった。それで閂《かんぬき》をがちゃんと差して錠を下ろせば、もう中には誰も入れない。

次に内部をきれいに掃除して、ゴミを運び出す。そういうことはわたしでも手伝えた。壁を磨いて、漆喰《しっくい》を塗り直す。その先はまた木の仕事で、奥の至聖所の祭壇や、それと会衆席を隔てる聖障、その外側の会衆の椅子などを作り直す。材料の半分は古いものを使ったけど、それができないところは新しい材を買った。

その仕事になるとわたしはもちろんアレクシスにも手伝えることはほとんどなかったから、わたしたちは行くといつも隅の方で見ていた。週に一度か二度行っても嫌な顔はされなかった。弟は時々木工の技法について質問し、ミノスは僅《わず》かな言葉で答えた。でも手取り足取りで教えてはくれなかった。

一日働いて仕事を終える時になるとミノスはわたしたちに帰るよう促した。この後は祈りの時間だから一人にしてくれと言う。帰り道で弟は、ああいう仕事に就きたいと言った。ミノスは弟子にしてくれないだろうか。思いの半分は恋だが、残る半分は確かに仕事への憧《あこが》れだった。あんたは宿を継ぐんでしょ、とわたしは言ったけれど、弟の気持ちがわからないわけではなかった。わたしだってミノスのそばで暮らせたらと夢想していたんだもの。恐いけれど、だからこそわたしがそばにいた方がいい。見ていてあげた方がいい。なんの分別もない若い娘だったのさ、わたしは。

うちは母が早くに死んで、父とわたしたちと三人で宿をやっていた。アレクシスの料理は評判がよかった。宿とカフェを継ぐのならすぐにもできる。

安息日にはミノスは村の教会ではなく上の修道院の教会に行った。いちばん後ろのいちばん隅に坐り、以前と同じように聖体拝受には与《あずか》らない。おミサが終わると村に戻ってうちの宿で昼食を摂《と》り、家に帰って静かに過ごす。

でもある日曜日、院長がおミサの後でミノスを呼び寄せて、礼拝堂を見たいと言った。では午後、片づけて用意しておきますとミノスは答え、宿の昼食の時にわたしたちを誘った。いや、あれは一緒に来てくれと頼んだのだったね。一人で院長の一行を迎えるのが恐かったんだよ、きっと。

院長は二人の僧を連れてやってきた。半ば修復が終わった礼拝堂を見て、ほとほと感心した風だった。これをぜんぶ自分でやったのかと問われてミノスは、いえ、アレクシスが手伝ってくれましたと答えたけれども、弟が手を貸せたのはぜんたいの一割もなかった。弟がそれを言おうとするとミノスはそっと手で制した。

「おまえはもともとどういう仕事をしていたのだ？」と院長は問うた。

ミノスは目を伏せるだけで答えない。

「石工と大工。どちらも大した腕だな。ここが完成したら他の建物もぜんぶ元の壮麗な姿に戻してもらおうか。二十年かかるとしたら、その二十年をかけて私はここで暮らす修道僧を集めるぞ。本当に敬虔《けいけん》な者だけ選ぶ」

そう言って笑うと、院長は帰っていった。この先も、二十年も、ミノスがここにいてくれたらと思うとわたしの心は地震の時の地面のように揺れた。

内装がだいたい出来上がった後でミノスが次に始めたのはわたしたちが考えもしなかったことだった。

ミノスはまたイラクリオンに行って、新しい道具や材料を仕入れてきた。今度は自分のロバで行った。帰りの荷はそう多くはなかった。大きな継ぎ目のない厚い板が何枚か。瓶や壺《つぼ》に入ったものがたくさん。それに筆。どれもわたしたちが初めて見るものばかりだ。

もしもあの時にミノスが自分の家で仕事をすると決めていたら、わたしたちは何も見せてもらえなかっただろう。でもあの人はその先のことも礼拝堂ですることにした。大きな道具は要らないし、毎日往復で使う時間を考えたら家でよかったんだが、その仕事に向けた心のためには礼拝堂の方がいい。たぶんそう考えたんだよ。

あの人はまず廃材で大きな机を作った。そしてその上に厚い板の一枚を置いて、時間をかけて丁寧に鑿で中を彫りくぼめ、縁だけが細く高く残るようにした。中のところをすっかり平らに均《なら》して磨き上げた。それからそこに麻の布を貼った。その布に膠《にかわ》を塗って何か白い粉を振りかけて擦り込む。乾いたらその上を磨く。白いつやつやな面ができた。アレクシスがその粉は何ですかとおそるおそる聞いたら、「雪花石膏《アラバスター》」という答えが返ってきた。知らない言葉だったけれど、何か大事な秘密を教えてもらった気がした。でも何を作っているのかがわからない。

もう弟やわたしに手伝えることは何もなかった。それでも週に一日、金曜日の昼間だけは礼拝堂に行っていいと父に許可をもらった。父もあの人がその時々何をしているか知りたいと思っていたんだね。手伝い仕事がなくてもミノスはわたしとアレクシスを中に入れてくれた。わたしたちは見たことの一部を父に報告し、そのまた一部を父は村の人々に伝えた。それが噂になって広まった。

次に行く日を待つ間、わたしと弟はあの板が最後には何になるのだろうと小声で話し合った。たくさんの瓶の中のものはどう使われるのか。

次の金曜日に礼拝堂に行ってそっとノックして中に入ってみると、白い板はそのまま壁際に立てかけてあった。机の上にはたくさんの大きな紙が散らばっていて、どれにも絵が描いてあった。ミノスは手に炭のかけらを持っていた。絵はみんな女の人だった。パナギアだ、マリア様だ。赤ん坊を抱いていらっしゃるのとそうでないのと二種類ある。キリスト様がいらっしゃるのとそうでないの。キリスト様を抱いているのは優しい顔をしていた。そうでない方はきつい悲しい顔をしていらした。それをミノスは何枚も何枚も描いていた。

そこでようやくわたしたちにもわかった。あの板はイコンの台なのだ。あの上に絵が描かれる。この一週間、ミノスはその下描きを作っていた。いったいこの人はどれだけの仕事を知っているんだろう？

ミノスは赤ん坊を抱いていらっしゃらないマリア様を描くことにした。彼に言われてわたしは家の厨房《ちゅうぼう》から玉子を五つ礼拝堂に運んだ。絵を描くのに玉子を使うのだとあの人は言った。玉子を溶いて、それに何か混ぜて、色の粉を入れる。そうやって絵具を作る。瓶に入っていたのはそういう材料だった。

イコンの描きかたなどどこで学んだのかと聞いても答えが返ってくるはずがない。その頃にはわたしも弟も、昔のことをミノスに聞いても無駄だということをよく知っていた。今ここに、目の前にいるミノスは石工であり大工であり画工だ。そういう人だと思うしかない。

絵を描くのには時間がかかった。下絵を何枚も作ったのに、板の上に描く前にミノスは長い間考えた。まだ何か迷っているように見えた。わたしたちが礼拝堂に行っても留守ということがあった。荒れた修道院の敷地のどこかに姿がちらりと見え、しばらく待つと帰ってきた。ものを考えるために散歩していたと言った。

絵を描くところをわたしとアレクシスはぜんぶ見ることができた。マリア様は外側からだんだんに描かれた。背景、衣裳《いしよう》、髪の毛と手。お顔は空白のままで、そこまで進んだところでミノスの手はまた止まった。ずっと待って、決心して、最後に一気に描いた。

わたしはあの人がなぜ迷っていたかわかったと思った。本当にきつい悲しい顔を描くかどうか考えていたのだ。描かれたのはやはり悲しいお顔だった。哀れみのお顔。人と共に悲しんで嘆いて泣いておられるお顔。

それができあがってしばらく、ミノスは何もしなかった。これからまだまだイコンは描かれるのだろうか。赤ん坊を抱いた柔和な聖母、キリスト様、使徒たち、聖者。何枚の絵がこの礼拝堂の聖障に掲げられることになるのだろう。

これから何か月、何年、この人はここで働くのだろう。院長が言ったようにこの修道院をぜんぶ修理するのかしら。

どうなったらわたしはミノスともっと仲よくなれるだろう。

どうやったらわたしはミノスの女になれるだろう、とわたしはもっと大胆に考えた。ミノスの女、ミノスの妻。ずっと一緒の仲。

もしも、二人っきりの時にあの人がわたしに乱暴をしようとした、とわたしが訴えたら、村長さんや神父さんはあの人を捕まえてわたしと結婚させるかもしれない。いいえ、そのためには乱暴しようとしたと言うのでは充分でない。本当に乱暴された、わたしはもう他にお嫁に行ける身体ではなくなったと言わなくては。服をぼろぼろに裂いて、傷だらけの姿で泣きながら村の人々に訴えなければ。そうしたら、わたしはあの人と結婚できるかもしれない。あるいはあの人は村から追放され、わたしの方は傷ものと笑われてずっと誰の嫁にもなれないかもしれない。

でも、本当のところ、わたしには手込めにされたと嘘をついてミノスを訴えるような勇気はなかった。あるはずがなかった。ミノスを悪者にはできない。嘘は人生の土台にはならない。ミノスの女になるなんてただの幻、昼間見る夢に過ぎなかった。

4

その女の人がやってきたのは、キミシスのお祭りの後、日曜日の午後だった。カフェにはたくさんの客がいた。村長さんと村の教会の神父さま、警察署長と郵便局長を兼任するパパニコラオスさん、校長先生などが大きなテーブルを囲んで話していた。日曜日は午前中、この人たちはみんな村の教会にミサに行き、その後ここで昼食を前に村の運営について相談をする。わたしの父も立ち働きながらそれに加わる。

ミノスも安息日には働かない。遅くなって上の修道院のおミサから帰ってきて、カフェの隅の方のテーブルに坐《すわ》って昼食を済ませたところだった。彼が人と話をしたがらないことは誰もが知っていたから、そのテーブルは彼一人だった。礼拝堂の修繕のことは最初から村ぜんたいの話題になっており、立派になった礼拝堂を見に行った者もいた。あの人は村では一目おかれていたから、一人にしておいてほしいという願いも尊重された。そばに行ってうるさく話しかける者はいなかった。わたしが時々他のお客の注文を聞くついでに、何か欲しいものはないかと尋ねるくらい。それだって食後のコーヒーを運んだら終わってしまう。ほとんどパンと水だけの粗末な食事の後、それだけは自分に許した贅沢《ぜいたく》という風にゆっくりコーヒーを飲んで、しばらくぼんやりしていてから家に帰る。夕食には来ない。ほんとうにパンと水で済ませているのだろう。それがミノスの日曜日だった。

そこへ馬車が着いた。

イラクリオンでしか雇えない二頭立ての客馬車だった。こんな馬車で誰かがこの村に来ることは年に何回もない。誰が降りてくるのかとカフェにいたみんながそちらを見た。

降りてきたのは女の人だった。背が高く、金色の髪が長く、白いブラウスに黒の長いスカート、肩には黒の薄いレースのショールをまとっていた。夏の暑い日だったけれど、そのショールがとても涼しげに見えた。首飾りと耳飾りがきらきら光った。御者の手を借りて馬車から降りたその人は、その場に立ってあたりを見回した。むしろ自分の顔をみんなに見せたのかもしれない。それは美しい顔だった。今もわたしはその姿を一枚の絵のように覚えているよ。

肌が白く、卵形の輪郭、目がくっきりして、鼻筋がとおり、ちょうどいい大きさの形のいい唇が赤い。この村の人間の大半は生まれてから一度もあんな顔を見たことがなかったに違いないね。

父が立っていって、店の主人として挨拶《あいさつ》をした。どんなご用でここにいらしたのか、自分たちは何をお手伝いして差し上げられるか、そう問うた。馬車と服装とふるまいで高貴な客だということは充分にわかったし、父としてはカフェの主人という以上に村の代表のつもりだったかもしれない。

父の問いを聞き流して、女の人の目はあたりをずっと見ていった。何かを探しているみたい。その視線が止まった。いちばん隅のテーブルに一人でいるミノスをじっと見る。表情は変わらない。

なおも話しかける父を手で制して、その人はミノスのところへまっすぐ歩いていった。その前に立った。

近づいてくる彼女を見ながら、彼はゆっくりと立ち上がった。

顔が真っ青だった。

立ったけれど片手でテーブルにつかまっていた。細い身体がふらっと揺れ、それからしっかり立った。

「ミノス、見つけたわ」とその人は言った。少しかすれた、少し低い、きれいな声だった。

「アダ」とミノスは言った。聞き取れないほど小さな声だったが、わたしはちゃんと聞いた。アダという名前なんだ、この人は。

「帰りましょ、私と一緒に」

「帰らない」とミノスは言った。

そして、二人は坐って低い声で話しはじめた。

カフェのみんなは二人のことを気にしながらも、それぞれの話に戻った。あのきれいな人はミノスの客だった。それならば筋が通る。あれが誰で何のために来たのかはいずれわかるだろう。今は放っておこう。

わたしもそばに立っているのは立ち聞きしているみたいで失礼だと思った。持った料理をお客のところに運んだ。

戻る途中でわざと少しだけ二人のテーブルに近いところを通った。

二人は小さなテーブルを挟んで坐った。アダという女の人は坐った姿もほんとうにきれいだった。

彼女は何か熱心に話しており、ミノスは黙っていた。親密な、妹と兄が親のことを話しているような雰囲気だった。

「エレニ」とミノスがわたしを見て言った。「こちらの方にコーヒーと水を差し上げてくれないか」

「かしこまりました」とわたしは言った。

コーヒーと水を運んでいって、時間をかけて丁寧にテーブルの上に置いた。

「どうしてここがわかった？」とミノスが聞いたところだった。

「銀行よ。送金先がクレタだと調べ出すのはわけはないわ」

わたしはテーブルを離れた。

どこから来たのだろう？　あの人はこれからどうするのだろう？　ミノスを連れ戻しに来たのなら、ミノスは一緒に帰るのだろうか？　さっきは帰らないと言っていたけれど。

そこへ友だちのところへ遊びに行っていたアレクシスが帰ってきたので、わたしは脇へ呼んで事情を話した。弟も二人を遠くからそっと見た。

ミノスたち二人はそれから半時間くらい話していた。

時々こっそり見るとミノスはずっと暗い顔のままだった。アダという人は何かミノスを説いているようだった。

近くを通った時、「で、ここで何をやっているの？」と聞く声が聞こえた。返事の方は聞こえなかった。

ミノスが立ち上がって家の方へ帰っていこうとした。アダという人も立ち上がってその後を追いミノスの肩に手を掛けた。ミノスは足を止めて振り返り、何か小さな声で二言ほど言った。表情から察すると強い口調だった。くるっと向き直って、そのまま歩み去った。

彼女はしばらくそこに立って後ろ姿を見ていたが、やがて席に戻った。目であたりを探して、わたしを見つけると手で合図した。父はたまたま奥に入っていていなかった。

「ここは宿屋でしょ？　部屋はあるの？」

「あります」

「用意して」

「できています」

「馬車にある荷物をその部屋に運ぶように御者に言って。それから、私は明日《あした》までここにいるから待つようにって伝えて」

それを聞きながら、この人は命令することに慣れているとわたしは思った。女だし若いけれど村長さんより偉そうな声で話す。いつでもみんなこの人の言うことを聞くのだろう。でもミノスは聞かなかった。一緒に帰ろうと言っても同意しなかった。

わたしは道の先に止まって待っていた馬車のところへ行って言われたことを御者に伝えた。御者は大きな鞄《かばん》を二つ馬車から降ろし、わたしの案内に従って部屋まで運んだ。うちでいちばんいい部屋だ。その後で廐《うまや》の場所を聞かれたので教えてやり、飼葉《かいば》や水のありかも伝えた。

女の人のところに戻って、部屋を用意しましたと言った。

「あなたの弟ってどこにいるの？」

「呼びましょうか」

いったい何の用事だろうと思いながら、裏にいたアレクシスを連れていった。

「あの人の手伝いをしているんですって？」

いきなりそう聞かれた弟はどぎまぎしながら、まっすぐ立ったまま「はい」と答えた。

声がうわずっていた。

「修道院がなんだかって言っていたけれど、ほんとうのところ何をしているの？」

「礼拝堂を直してます」と弟は言った。「壊れた壁を直して、中をきれいにして、祭壇や聖障を作り直して、今はイコンを描いています。時々ぼくと姉が手伝います」

そう言ってわたしの方を示した。

「この一年そんなことしてたの、あの人。誰が言い出したこと？」

「ご自分でお決めになったことです」とわたしが答えた。「この建物を直すとおっしゃって、上の修道院の院長さまにお許しをいただいて、それから始められました」

「そこは遠い？」

「そんなに遠くありません。歩いて一時間くらいです」

「一時間歩くのは遠いことではないのね、ここでは。あの馬車でも行ける？」

「修道院の入り口までは行けると思います。途中が坂だからちょっと大変だけど二頭立てですから大丈夫でしょう。中に入ったらあとは歩くことになります。どなたでも」

「明日、連れて行って」

「わかりました。ご案内します」

わたしと弟で一緒に行こうと思った。

「あの、一つ聞いてもいいですか？」

「何？」と相手の人はびっくりした顔で聞き直した。質問されたことがないみたい。まるで自分が乗っている馬が口をきいた時のような顔だった。

「ミノスさんの本当の仕事は何なんですか？」

「どうしてそんなことを聞くの？」

「ぼくたち不思議に思っていたんです」と弟が前に出て言った。「突然来て、修道院の修理を始めて、石工の仕事と大工の仕事をすごく上手にやって、今はイコンを描いています。画工の仕事もできる。どれがミノスさんの本当の職業なんですか？」

「ミノス・サフトゥーリスは彫刻家よ。だから石も木も扱える。絵も仕事のうち。私のミノスはアレクサンドリアで一番の彫刻家の一番の弟子……だった、一年前まで」

都会の人というところはまちがいなかった。でもそれはアテネでもコンスタンティノープルでもなかった。

アレクサンドリアだ。

「私のミノス」……

翌日、わたしと弟はアダを修道院に連れていった。

彼女は薄い黄色のブラウスに暗い灰色の細縞《ほそじま》のスカートでショールは無しという姿だった。装身具も少ない。わたしは道案内を兼ねて馬車の御者の横に乗った。アレクシスは徒歩で先に行って待っていると言った。

修道院の入り口からは歩くことになる。アレクシスは荒れた修道院の敷地の中をなるべく瓦礫《がれき》の少ない歩きやすい道を探して案内した。アダは途中何も言わなかった。

彼女の後ろから行くと香水のいい匂いがした。

礼拝堂にミノスはいなかった。礼拝堂には誰もいなかった。アダは建物を外側からぐるっと回って、壁の修復のところをアレクシスの説明で見て、それから中に入った。

閂《かんぬき》は差してあったが錠は掛けてなかった。

「この扉もミノスさんが作ったんです」と弟は言ったが、アダはうなずいただけだった。その日、あの人は朝わたしたちに会った時からずっとほとんど口をきいていなかった。

中で十字架が立っているだけの簡素な祭壇を見て、やはりほとんど飾りのない聖障を見た。

アレクシスは壁に裏返しに立てかけてあったイコンを表向きにして見せた。

アダはしばらくじっとその絵を見ていた。何も言わなかった。

でもその時になってわたしは気づいた、この悲しそうな聖母の顔にどこか彼女の面影があることに。

本物のアダがこんな表情をするところは想像できない。でも目鼻立ちは似ている。よく似ている。まるで慈愛に満ちた姉と驕慢《きょうまん》な妹のよう。

そう考えてからわたしは、これはマリア様にとても失礼なことだと気づいて取り消した。でもわたしの前にある二つの顔はやっぱり似ている。

「今日はミノスは来るの？」と聞いた。

「わかりません」と弟が答えた。「この絵ができた後、ミノスさんは次に何をするか考えているみたいで。毎日は来ていないようです」

「帰るわ」とアダは言った。

馬車に乗って宿に戻り、部屋にこもって、食事の時まで出て来なかった。

夕食で店が込むようになる前、わたしはお客に出すワインを用意しておこうと地下の酒蔵へ向かった。廊下を曲がって階段を五段ほど下りたところで、後ろから人の声が聞こえた。

「私はもう少しここに残ることにしたから、明日おまえはイラクリオンに戻って頂戴《ちょうだい》。また馬車がいる時にはこちらから使いを出すから」

「わかりました」と答えたのは雇われた御者の声だった。

ちょっと足を止めてその声を聞いてから、わたしはまた階段を下りた。あの人はここに残ることにしたんだ。ミノスが一緒に帰るというまでここで待つつもりだろうか。

その日の夕食にミノスは来なかった。

食事が終わってコーヒーを持っていった時、彼女がわたしに言った。

「お願いがあるの。あなたでもアレクシスでもいいから、後で私をミノスの家に連れていって。何時になってもかまわない。部屋で待ってるわ」

「はい」とわたしは答えた。

でも、連れていっていいものだろうか？　ミノスは家を知られたくないのではないだろうか？　それに、この人が家まで行って説得したらあの人は一緒に行ってしまうかもしれない。

夕食の給仕がひとしきり終わったところで、わたしは調理場にいた弟を呼び出した。この後は料理を注文するお客はまずいないし、酒やコーヒーを出すだけならば父一人できる。この時間から後はわたしたちの仕事はない。

わたしは弟にアダの言葉を伝えた。

「どうしよう？」

「ぼくらが断ったら誰か他の人を探すよ。ぼくらの方が噂にならない」

「わかった。どっちが行く？」

「二人で」

そこでわたしは彼女の部屋に行ってそっとノックした。

「参りましょう。裏から出ますか？」

まだカフェに客が多いことを思ってそう聞いた。

「そうね。あなた、気が利くのね」

アダは足首までの黒いゆったりとした服を着て出てきた。首のところを紐《ひも》で締めるようになっていて、腰には地味な帯を結んでいた。身体の形がほとんどわからない。

上の修道院の僧たちの服をわたしは連想した。

裏口でアレクシスが待っていた。

わたしたち三人は何も言わず、そのまま歩きはじめた。村では夜が早いから、その時間には人通りはほとんどなかった。

空に半月がかかっていて足下は明るかった。

ミノスの家まではほんの五分だった。森に少し入ったところにあって、周囲に他の家はない。夏だから開けたままになっている窓に小さな蠟燭《ろうそく》の明かりが見えた。起きているのだ。

わたしが先に行って扉をノックした。

「わたしです。エレニです」

ミノスが扉を開いた。

「すみません、こんな夜に。あのお客さまが来たいとおっしゃって」

そう言って、後ろで待っている彼女とアレクシスを身振りで示した。

「お連れしない方がよかったですか？」と小さな声で聞く。

「いや。この村まで来たんだからこの家までも来ると思っていた。いいんだ。ありがとう」

わたしは脇に寄って彼女を通した。

彼女が中へ入って、ミノスは扉を閉めた。

わたしたちのすることは終わった。

わたしは弟を連れて帰りかけた。

二十歩ほど歩いたところで弟がわたしを止めた。

わたしの手を取って、黙ったままそっと家の方に戻る。窓の方へ回る。

二人の話をこっそり聞くつもりだとわかって、わたしは動揺した。そんなことをするのはよくないと一瞬思ったけれど、二人の話を聞きたいという誘惑は強かった。わたしと弟はこの一年間あの人に夢中だった。二人とも相手にされなかった。それをお互いに知っていた。

あの人はこの小さな閉ざされた村に外から差し込んだ眩《まぶ》しい光だった。でも謎めいていた。なにもかも秘密ばかり。今ならばその秘密がわかる。それに近くにいれば何かの時にミノスを護《まも》ることができる。あのきれいな人は何をするかわからないから。

それは嘘の言い訳だと心の隅で思いながらわたしはアレクシスと一緒にそっと窓の近くに寄ってしゃがみ込んだ。

窓からアダの姿が見えた。とぎれとぎれに声も聞こえた。ミノスの声はほとんど聞こえない。

「こんな田舎で何をしているの？」とアダが大きな声で言った。「あの礼拝堂の修繕はいったいなんの真似？　一年もかけて何をしていたの？　あなたはそんな人ではないでしょうに。才能を無駄にしないでよ」

ミノスが何か言い返した。

そのとたんにアダは立ち上がった。窓枠の中で上気した美しい顔が蠟燭の光に照らされて輝いて見えた。まるで絵のようだった。

ミノスが何か言った。

「じゃあ、見てよ、私を！」

そう叫んでアダは首の前で紐をほどき、ゆったりした黒い服を肩からはらりと落とした。その下には何も着ていなかった。腰に結んだ帯のところまで裸だった。横で弟が息を呑《の》むのがわかった。

蠟燭の黄色い光の中でも裸身の白さはきわだっていた。形のいい乳房を突き出すように誇らしげに見せている。顔には挑戦の表情が浮かんでいる。

このためにあのゆったりした服を着てきたのだ。

わたしは手を伸ばしてアレクシスの手をつかんだ。弟は力を込めて握りかえした。わたしは弟の手を引いてそっと立ち上がった。この先は、何が起こるにせよ、わたしたちが見てはいけない。

まだためらう弟を引きずるようにして、そっと音を立てずに、わたしはその場を離れた。途中で弟は振り向いたが、そこからはもう窓は見えなかった。

しばらく行ってから、足を止めた。

「だめよ、見ては」

「ああ」とアレクシスは荒い息をしながら言った。

見てはいけない。この先も見ていたら、ミノスはわたしたちのミノスではなくなってしまう。

その次に弟がしたのはわたしが思いもしないことだった。わたしに抱きついたのだ。いきなりしがみついて、首筋に顔をうずめ、背中に腕を回し、胸と腰を押しつける。わたしはびっくりして彼を力一杯突き飛ばした。森の道に転がった弟のぶざまな姿から目をそむけ、そのまま一散に走って家まで帰った。裏口から自分の部屋に駆け込んで、音高く扉を閉め、寝床に入ってシーツを頭からかぶった。

ほんとを言うと、わたしにも弟の気持ちがよくわかった。わたしだって欲望に押しつぶされそうだった。

ミノスとアダが今なにをしているか、考えないようにしても勝手に想像がつのった。アダの美しい乳房が目の内から消えなかった。そこにそっと触れるミノスの手が見えるよう。腰の帯を解く手が見えるよう。そうしたら身体ぜんぶが裸になる。

わたしは半分泣きながら自分の身体をなでさすった。敷布に身体をこすりつけた。とても自分がいとおしく、苦しくて、辛《つら》かった。

身体というのはそういう苦しいものだということをわたしは初めて知った。

5

次の朝、アダは朝食に下りてこなかった。

眠れない夜を過ごしたわたしは、アダはミノスの家から帰らなかったのだろうと思った。あのまま二人は仲よく寝床に入っていろんなことをしながら朝まで過ごしたのだ。ミノスはあの女の説得に負けた。美しい身体の誘惑に負けた。彼はきっとアレクサンドリアへ帰るだろう。修道院はほとんど修復できたことだし、これ以上ここにいる必要なんかもうないのだろう。

いきなり来た人がまた唐突に帰っていく。わたしたちは後に残される。

朝食の後片付けを終えて弟がわたしのところへ来た。

「あの人、食事に下りてこなかったね」

「ええ」

「昨夜、帰らなかったのかな？」

「あっちに泊まったんでしょ」

「あの後、どうなったんだろう？」

「知らないわよ。もういいじゃない、そんなこと」

「でも、ミノスはわがままな人だから、あれで言いなりになったとは思えないんだ」

「ともかく、もういいのよ。いずれあの立派な馬車をイラクリオンからまた呼んで、二人で村を出ていくんだわ」

「辛《つら》い？」と弟はわたしの顔をのぞき込むようにして尋ねた。

「あんたは？」

それで二人とも黙り込む。

わたしはミノスに熱を上げていたのだから、そのミノスを連れていくアダはわたしにとっては間違いなく敵だった。でも、わたしと同じようにミノスに憧《あこが》れる一方で、昨夜いきなりアダのあの裸の身体を見て呆然《ぼうぜん》としていたアレクシスの方はもっと複雑に思いが絡み合っているのだろう。

どっちにしても喪失感に違いはない。

「ロバの世話があるから、これからミノスの家に行くよ」

弟はロバにかこつけて二人のようすを見に行こうとしている、とわたしは思った。というのも、最近では特別のことがないかぎりロバの餌くらいはミノスが自分でやっていたからだ。

「一緒に行くわ」

気がついたらわたしはそう言っていた。弟の口調に誘いが混じっているのはわかった。わたしも二人のようすが知りたかった。わたしたちはそそくさと家を後にした。すれ違った村人とさりげない挨拶《あいさつ》を交わしながら道を急いだ。理由もないのに気ぜわしかった。昨夜、弟が混乱して欲望に突き動かされてわたしに抱きついたところを無言で通り過ぎた。

行ってみると、ミノスの家には誰もいなかった。夏だから主がいてもいなくても窓などはいつも開けっ放しなのに今日は鎧戸《よろいど》まで閉じている。

二人でどこかに行ったのだろうか。

「ロバは？」

「見てくる」

そう言ってアレクシスは裏に回った。

「いないよ」

わたしたちは顔を見合わせた。

「礼拝堂？」

「行ってみましょ」

わたしたちは黙って歩いた。

二人で礼拝堂に向かった。

小一時間の後、修道院の敷地に入って、少し高いところから礼拝堂を見下ろせる場所に着いた。

「いないな」と、アレクシスが言った。「ロバがいないもの」

たしかにいつもロバを繋《つな》ぐところにロバはいなかった。

「待って」とわたしは言った。

礼拝堂のずっと先、荒れた墓地の向こう側にロバが繋がれていた。遠くから見てもミノスのロバだった。

そちらを指さして弟に教え、それから考えた。なんでいつものところにロバを繋がなかったのかしら。

もともとミノスという人はわからないことだらけだった。あのアダという人が来てからミノスのまわりにはわからないことがいよいよ増えた。こんなところでミノスたちのあとを追ってわたしたちは何をしているのだろう。

「礼拝堂の扉が開いている」

そう言われて見ると、確かに扉は開いていた。普段、ミノスは絵を描く時などは扉を閉める。

わたしたちがそっと足音を立てないよう静かに、それに中から見えにくい方角からと考えて礼拝堂に近づいたのは、前の晩のことがあったからだ。二人は中にいるの？何をしているの？

近づくとミノスの声が聞こえた。誰かに向かって大きな声で話しかけている。一人で喋《しゃべ》っているみたいで、相手の声は聞こえない。アダの声は聞こえない。

わたしたちは扉を挟んで両側に坐《すわ》り込んだ。

「……疲れました。とても疲れた」とミノスは言った。「ええ、それは、初めから何かが間違っているとは思っていました。無理だ、きっとうまくいかない……そうです。やはり間違いだった。とても大きな間違い」

この口調には覚えがある、とわたしは思った。前にもミノスは礼拝堂の外で石に腰をかけて、一人でこうやって誰かに向かって話しかけていた。あたりには誰もいなかった。今も同じ。

「なぜ、彼女を寄越されたのです？」

そう言った声はかすれて、ほとんど聞こえないほどだった。

「なぜ、彼女をここへ寄越されたのです？」

今度は礼拝堂の中に響くような大きな声。

「あれが来て……ああなるに決まっていたのに、なぜ寄越されたのです？」

二分か三分の間、ミノスは黙っていた。礼拝堂の中をゆっくり歩いている風だった。

靴が石の床を打つ足音が聞こえた。やがて立ち止まった。

「見えるでしょう……沙漠《さばく》と湖の間が野原で、広い野原で……そこに赤いヒナゲシの花が一面に咲いて……とてもきれいで……その中を馬に乗った彼女が行く。沙漠とマレオティス湖の間の、あの野原……」

またミノスは黙った。

鳥の声もしない。時間がずっと遠いところで流れているようだった。

「ぜんぶ見ていらっしゃいましたね。お目がこちらに向かっていること、よくわかっておりました。それを承知で……それでもぼくは御心《みこころ》に背きました。人は弱い者だから。そんなことはとっくに御存じでしょうに」

礼拝堂の先、墓地を囲む糸杉の先端がわずかに揺れていた。上の方は少しは風があるのか。

「彼女の馬、見えたのは黒い馬だったけれど……本当は白い方がよかった。なにしろ、花が赤いんだから」

足音だけが響く。

「自分が欲望に負けたことはよくわかっていた。欲望に勝つ力がない。だからここまで逃れてきたんじゃないですか。欲望がないところで、あなたへの奉仕だけに生きようと思ったのに」

日が高くなった。あたりはいよいよ暑くなってきた。

「われわれは離れて、……一緒にいてはいけない。別々がいい。そう思ったから彼女を後に残して遠くまで来ました……それなのに、彼女は追ってきた」

青い空の高いところに鷲《わし》が一羽ゆっくりと舞っていた。

「この礼拝堂はこうしてあなたと話すための場所です。そのために、その喜びのために、ここまで再建した……それを壊す……ミルトスのための百回のおミサを無にする。許せなかった」

沈黙。

「ヒナゲシがきれいで、馬もきれいで……それに乗った彼女もきれいで……ずっと遠くから見ていればいい。罪深い人殺しのミノスは遠くから見ているだけ……それならば彼女の首に手がかかることもない。やっぱり馬は黒い方がいいか。花が赤くて、彼女は古代風の白い衣裳《いしよう》をまとっていて、麻地の衣裳のひだがきれいで……だから馬は黒がいいか」

蜂が一匹飛んできて、わたしの周りをぶんぶん飛び回って、弟の方に行って、それから飛び去った。

「なぜ、彼女を寄越されたのです？　昨夜、彼女は裸の身体を見せながら、私が神殿なのよと言った……私が神殿、私が礼拝堂。あなたはここで祈るの……」

一瞬、白い石の上を金緑色のものが走った。トカゲだった。

「あの身体に触れ、彼女が誘うままに寝床に行き、快楽に身を任せました。見ていたんでしょう……目もくらむような交わり。ははは、身体を与えられた動物の、その身体の喜び。臆面《おくめん》もなくそう報告しますよ。あなたの造られし子はあの女との快楽をむさぼりました。一度ならず二度三度と……あの粗末な寝床であの身体を貫いた」

わたしは戸口の向こう側に坐り込んでいる弟の方を見ないようにしていた。

「アリアドネを彫るつもりはもうありません」とミノスは言った。「古いギリシャの神々や美女を彫るのはやめました……これからはもう聖母子しか彫らない。イコンしか描かない。そう決めたつもりだった。だからあのモデルは不要だったのです。彼女を聖母にはできない。マグダラのマリアのモデルにさえできない」

でも、ミノスが描いた悲しみの聖母は、悲しみの聖母なのに、アダに似ていた。その面影を映していた。

「本当に恐ろしいことを言いましょうか……」

そう言ってしばらく長い沈黙があった。

「ぼくはアダを愛していた。本当を申せば、心の底から愛していたんですよ。あの身体の魅力など、そんなものが魂の価値の前でどれほどの意味を持ったでしょう？　本当はそんなものに惹《ひ》かれるぼくではない」

荒い息が礼拝堂の中から聞こえた。

「あなたがあの美しい肉体を以《もっ》てぼくを誘惑しようとしたのなら、そんなものに効き目はなかった。さっき言っていたことと矛盾します。それはわかっています。すべてをあの肉体のせいにできれば、こんな楽なことはない……あなたを讃《たた》えつつ悪いことはみな肉欲の悪魔のせいにする。それで済むのなら、地獄に堕《お》ちて済むのなら、ことは簡単だ。ぼくは声のかぎりあなたを讃えながら堕ちていきましょう」

ミノスの声がかすれている。必死で声を出そうとしているみたいだ。

「今だからはっきり言えば、アダはぼくの魂の妹でした。共に静かに楽しく生きるはずの伴侶《はんりょ》だった……そうできたらどんなによかったことか。アダだってそう望んでいたのに。あんな風に強気なことを言いながら、この礼拝堂を壊すなどと言いながら、彼女が望んでいたのは社交界の派手な暮らしではなく、二人だけの落ちついた日々だった。それを知らなかったわけではない」

ミノスの声はもうほとんど囁《ささや》くようだった。すぐ上にいる誰かに話しかけているかのようだった。

その時、弟がすっと立って礼拝堂の中に入った。足音もしなかった。

「昨夜、アダは（とミノスは弟に気づいた風もなく話しつづけた）アレクサンドリアに帰ろうと静かに言いました。友人たちが頻繁に立ち寄る町の家ではなく、マレオティス湖のほとりの静かなところにアトリエを造って、そこであなたの仕事ぶりを見ながら暮らす。二人の間に子供がたくさん生まれて、私はその子たちを育てながらあなたの仕事を見ている……湖と沙漠の間に野原が広がっている。そこに赤いヒナゲシの花が一面に咲いている……そこを馬に乗った彼女が行く。馬は花を踏んではいけないと思って、地面より少し上を歩いている……宙を踏んでいる。そういう賢い馬。だから彼女を乗せられる。美しい光景が見えました」

わたしも立ち上がって、身を縮め、足音を忍ばせて礼拝堂の中に入った。

中はひんやりと涼しかった。

弟は扉のすぐ内側に坐《すわ》っていた。その横に坐る。

「あの人、こっちを見ても気づかないんだ」と弟がわたしの耳元で囁いた。「何も見えていないみたい」

ミノスは礼拝堂の中をあちらへこちらへと歩いていた。細い身体の脇で長い手が揺れていた。そのさまよう視線は時々わたしたちを捉《とら》えたはずだが、まるで見えていないように先に行ってしまう。本当に見えていないらしい。

「では、二人の間に愛があって、暮らしの絵図もあったのに、なぜあんなことをしたのか、とあなたは問われる」

ミノスは両手を髪の中に入れて指で髪を乱した。

「それはこちらが問いたいことです！」と大きな声で言った。「なぜ荒々しいミルトスを寄越したのです？　彼女が安心して、自分はまちがいなく愛するミノスを連れてアレクサンドリアに帰れると思って、汗にまみれた身体をあの寝床に横たえて安らかな寝息をたてていた時に、ミルトスがやってきた……アダの頭の下に腕を置いてものを考えていたぼくの傍らに立って、声を掛けた……その女を殺せ」

そう言って、ミノスは気を失った。

わたしたちはしばらくそのまま見ていた。ミノスがふっと起き上がるかと思った。でもいつになってもミノスは動かない。

わたしはそっと近くに行って、石の床の上に横向きに置かれた顔をのぞき込んだ。目を閉じて、血の気のない青ざめた顔をしていた。手で額に触れてみるとひんやりと冷たい。汗で濡《ぬ》れている。

わたしはすぐ横の床の上に坐り込み、膝《ひざ》の上にミノスの頭をそっと乗せた。冷たい硬い石の床の上に頭を置いておいてはいけないと思ったのだ。頭は重かった。髪の中から温かみが伝わった。ゆっくりと息をしている動きが伝わった。

傍らから弟がのぞき込んだ。

「大丈夫よ」

小声でそう言ったのは、ミノスの頭を抱いているのが嬉《うれ》しかったからだ。彼が気を失った時でなくてはこんなことはできない。わたしはミノスの肩と背中をそっとなでた。子供を寝かしつけているような気持ちだった。まだ子供なんか持ったことはなかったのに。

「ミルトスって誰だろう?」とアレクシスが囁いた。

「知らないわ」

「アダはどこにいるんだ?」

「知らない」

「殺せって……」

「知らない」

わたしはずっとこのままでいたいと思った。ミルトスもアダもどうでもいい。このままがいい。

ミノスの頭にそっと手をあてていると、こうやって知りたくないことが漏れ出すのを抑えているのだという気がした。

五分くらいそうしていただろうか。ミノスがちょっと動いた。

伸ばしたままだった腕に力が入り、頭を上げて起き上がるようなそぶりを見せた。

「水を持ってきて」とわたしは弟に言って、ミノスをゆっくり起こした。

わたしの膝から起き上がったミノスは、しばらくの間ぼんやりとあたりを見ていた。

アレクシスがコップの水を持ってきた。素焼きの壺《つぼ》に入れてあった水は表面に浸《し》み出して、それ自身の蒸発熱で冷えている。

ミノスはおいしそうに水を飲んだ。くっくっくと喉《のど》を動かしてコップの水を一気にぜんぶ飲んでしまった。

額の汗はもう乾いていた。少しはわたしのスカートに浸みたかもしれない。

「大丈夫？」とわたしは聞いた。「突然、気を失ったの。わたしたち、ちょうど通りかかったから……」

もちろんそれは嘘だった。でも天に向けたミノスの言葉をこっそり聞いていたとは言えない。

ミノスは黙ってわたしたちの顔を見た。その目には何の表情もなかった。

わたしはミノスを苦痛の場からどこか別のところに連れ出さなければと思った。

このままではいけない。

「目を覚まして、ミノス。ここは湖のそばの野原じゃないの」

まだぼんやりしている。

「ここはクレタよ。プレヴェリの古い修道院よ」

ミノスの目は何も見ていなかった。遠い遥《はる》かな都や野原を見ていなかった。

わたしは思い切ってミノスの頬を叩《たた》いた。ずいぶん力を込めたから高い音がした。

脇の弟がぎくっとした。

「戻ってきて、ミノス。ここへ、エレニとアレクシスのところへ、帰ってきて」

空中を漂っていた視線がわたしの顔に注がれた。

「ああ、エレニ。ああ、アレクシス」

喋《しゃべ》らせなければ。また自分の中に籠《こ》もらせないようにしなければ。

「何か話して。ここに来てからのことではなく、昨日のことでなく、昔々のことを。わたしたちが知らない遠い町のことを。あなたがまだ小さかった頃のことを」

「ぼくたちはみんなアレクサンドリアの子だった」

そう言って、わたしの顔をじっと見た。

そうよ、わたしに向かって話してほしいのよ。

気を利かせたアレクシスがまた水を持ってきた。ミノスは飲んだ。

「アレクサンドリアって、どんなところなの？」

「海の向こう、ずっと南の方にある……アフリカの岸に……大きな町だ。イラクリオンの十倍も百倍も大きい。建物が犇《ひし》めきあっていて、道が縦にも横にも走っている。その道がいろいろな匂いがする……たくさん人がいる。カモメもたくさんいる。正教徒と、コプトと、ムスリム。その他にもイギリス人やフランス人が少し……それからカモメ。港だから船もたくさん」

一つ一つの言葉を思い出しながら、それぞれに誰かの顔を思い出しながら……。そういう話しかただった。

「夕方、空がとてもきれいな黄色に染まることがある……時々、西の沙漠《さばく》の方から風が吹くと、町中に砂が降る。なにもかも薄い砂の膜で覆われる」

ミノスの目は礼拝堂の壁ではなく遠くを見ていた。「ムスリムは、あの人たちは、日に何回も祈る。その時間になるとモスクの塔の上から祈りを促す呼びかけがある。よく響く美しい声だ」

クレタにトルコ人がいた頃は、ここでもその祈りの促しの声が聞こえたのだろうか、とわたしは考えた。

「ぼくたちはみんな正教徒だ。ギリシャ人だ。あそこはギリシャではないけれど、ギリシャ人がたくさんいる。木綿のビジネスをしている連中がいちばんお金持ち」

言葉が流れはじめた。ミノスが話している。わたしはミノスの手を握っていた。

「木綿って、あの、着るものの？」とアレクシスが聞いた。

「その原料だ。木綿は植物。ナイル・デルタの広い畑でできる白い花。畑がぜんぶ真っ白になる。エジプト人の農夫が育てる。みんなで摘みとる。それを集めて、船に何隻分も集めて、ギリシャ人が世界中に売るんだ」

とっても遠いところの話。

「木綿は、白い花からふわふわの綿を採って、それを糸にして、色を染めて、布に織って、裁って縫って服を作る。アレクサンドリアに綿花だけのマーケットがある。すごく広い、大きな建物。埃《ほこり》っぽくて、とてもうるさい。荷車が行き来して、誰もかれもが怒鳴っている」

ミノスは早口になった。

「町は大きい。うちはギリシャ人が多い一角にあった。木綿商ではなかったし、大きな家でもなかった。ミルトスという友だちがいた。子供の頃からずっと友だち。小さい時はいつも一緒だった。ぼくの家は家具の工房で、ミルトスの家は材木商。だから家どうしで行き来があった。どちらの家にもエジプト人の働き手がたくさん出入りしていたし」

話が滑らかに流れはじめた。

ある時、(とミノスは言った) 父の弟子の一人が小さな舟を作ってくれた。ぼくはそれをどこか水の上に浮かべてみたかった。公園に行こうと思った。でも一人で行くのは不安だ。ぼくは弱虫で臆病《おくびょう》だったし、年上の乱暴な奴に取られてしまうかもしれない。だからミルトスを誘った。

そんな時にまっさきに誘えるのが彼だった。そういう友だち。

僕は小さい時に怪我《けが》をして足が悪かった。だから臆病で引っ込み思案だったというのは言い訳かもしれない。性格は生まれつきのものだから。

家から歩いて十五分ほどのところにシュロの木が並ぶ公園があった。そこに池がある。あそこへ行こうと言って、舟を抱えて歩いていった。途中で彼にも持たせた。舟は大きな猫くらいあった。高い帆柱があって、三角の帆も張ってある。薄い縞《しま》の木綿の帆だ。

これはフェルッカだとミルトスが言った。帆の形でわかるという。ナイル河のずっと上流の方で使われている小さな舟。櫂《かい》と帆の両方で走る。ぼくが知らないことだった。公園までの途中でそういうことを教えてもらった。

池は広い公園の隅の方にあった。いつもはたくさん人がいるのに、その時はなんだかがらんとしていた。池の水はあんまりきれいではない。ナイル草という浮き草が水面の半分を覆っていた。それがないところを選んで、ぼくは舟を水の上にそっと浮かべた。優雅に浮かんで、わずかに揺れる。その揺れるところがとっても舟らしくて、ぼくは得意だった。

風が吹いて、舟は少し動いた。すーっと池の中の方へ流れそうになった。ミルトスがあわてて手を伸ばして舟を捕まえた。知らない子供が三人ほどぼくたちと舟を見ていた。貧しいエジプト人の子だ。

ぼくは風があれば舟は動くと知って、もっと舟を走らせたいと思った。折しも夕方で少し風が立った時だった。ぼくは池のこちらから舟を風に乗せて送り出せばあちらの岸まで行くだろうと思った。やってみたかった（ぼくは時々おかしなほど大胆になる)。でも途中で止まるかもしれない、とミルトスは言った。ぼくは本当に向こう岸まで舟が行ったらすごいと思って、そのことばかり考えて、実行したくてたまらなかった。風はたしかにこちらから向こうへ吹いている。

ぼくが言い張るのでミルトスはわかったと言ってぼくに舟を預け、向こう岸へ回った。受け止める係だ。彼がそっちに行ったのを見て、ぼくはそちらに向けて舟を水面に置き、風に合わせてそっと押し出した。

ぼくが知らなかったのは、帆は舟の軸に対して斜めについているから、追い風でも舟は斜めの方に走るということだった。だから舟は対岸で待つミルトスの方へは行かず、ずっと左の方に向かった。風だってそう安定しているわけではなく、吹いてはやみ吹いてはやみした。そのたびに舟はちょっと進んでは止まった。さざ波に揺れる。とても本物の舟らしいのはいいけれど、でもだんだんにナイル草の方へ近づいていく。

結局ぼくの舟はその群落の中に入り込んで絡み合った草に捕まってしまった。向こう岸に坐《すわ》り込んで見ていたミルトスが立ち上がった。手を振っている。ぼくも立って、もうこっち側にいてもしかたがないから彼の方へ歩いた。知らない三人の子は無表情に黙って見ていた。

ミルトスと並んで立って舟を見た。舟はそこから十メートルほど先の水の上でいまいましいナイル草に絡まれて動けなくなっていた。風が吹くたびに帆が揺れるけれど、風は舟を解放はしてくれない。ぼくたちにできることは何もなかった。ナイル草がまとまって水面を覆っているのだってそっちへ風が吹き寄せたからだ。ぼくがバカなことをして、舟は手の届かないところに行ってしまった。そこに見えているのに。風向きが変われば、とミルトスがつぶやいたけれど、その頃にはもうあたりが暗くなりはじめた。家に帰らなければならない。でも舟を置いて帰るわけにはいかない。どうしようと言って横のミルトスの方を見たけれど、彼はじっと舟を見ているだけでぼくの方は見なかった。

しかたがない、とミルトスが小さな声で言った。

えっ？　とぼくが問い返すひまもなく、彼はいきなり水の中に足を踏み入れた。緑に濁った水の底は見えなかったけれど、岸のところで深さは彼の膝《ひざ》くらいだった。

そのままミルトスは水の中を歩き始めた。ぼくはびっくりして、彼の決断力に感心して、自分では実行はおろか考えもしなかったことを少し恥じて、彼を見ていた。ぼくの舟なんだからぼくが行くべきだったという後ろめたい思いもあった。でも二人で行っても意味ないし。

進むにつれて水は深くなった。太腿《ふともも》の半ばくらいまである。池の底はしっかりと踏めるのか？　もっと深くなったらどうするのか？　それに、ミルトスは家に帰って濡《ぬ》れた靴とズボンのことをどう母親に説明するんだろう？　ぼくだったらとても困る、とぼくは自分の母親の顔を思い浮かべて考えた。

水の深さがベルトの少し下くらいになった時にミルトスは舟のところまで行き着いた。ナイル草を掻《か》きわけ、手を伸ばして舟の艫《とも》を軽く押して、開いた水面に出してやる。風は止まっていたから怠惰な舟は動かない。彼はそっと舟を押しながらまた水の中を歩いてこちらへ帰ってきた。向こう岸で三人の子供が黙って見ていた。

それを見ながらぼくは、本当は自分が舟を取ってくるべきだったんだと考えていた。ぼくの舟なんだからぼくが行けばよかった。だけど、水に入って、この池に入って舟を取ってくるなんて、ぼくは考えもしなかった。それをミルトスはものも言わずにやってしまった。

舟がぼくの手の届くところまで来た。ぼくはそれを拾い上げた。

ミルトスもざばざばと岸に上がった。下半身から水がしたたって地面に黒い跡を作った。

ぼくは小声でありがとうと言ったけれど、ミルトスは返事をしなかった。三人のエジプト人の子はまだ見ている。

二人で黙ったまま家に向かって歩いた。舟はぼくが持っていた。

ところが分かれ道まで来た時、ミルトスがぼくの手から舟を取った。池に入って取り戻したんだから今日だけは俺のものだ、と彼は早口で言った。

ぼくはうなずくしかなかった。

今日だけだよ。

そこで別れて、ぼくは舟を持たないまま家に帰った。

しかし、一日だけの約束のはずなのに、ミルトスはなかなか舟を返してくれなかった。一緒に遊ぶ機会は多かったのだが、次は持ってくると言いながらいつも彼は舟を持たずにきた。催促すると忘れたという。次も同じこと。最後にぼくは彼の家に行って、彼の部屋に入って、机の上にあった舟を取って家に帰った。彼はぼくを止めはしなかった。舟はまたぼくのものになったけれどなんとなく割り切れない思いが残った。やっぱりこれは水の中を歩いて救出したミルトスのものだろうか、とぼくは舟を見ながら考えた。

6

十年ほどして、ぼくたちはそれぞれ大人になった。

その間もぼくとミルトスはずっと友だちだった。彼は材木商を継ぐべく親元で働いていたし、ぼくは家業の家具作りをちょっと外れて石工の徒弟になり彫刻を学んだ。

その一方で絵も描くようになった。彫刻は才能があると言われ、先輩の弟子たちをさしおいて師匠に重用された。毎日が楽しかった。

アレクサンドリアはとても古い町だし、昔の遺跡がたくさんある。博物館にはプトレマイオス朝の彫刻もある。そういうのを見てまわって勉強した。ぼくが大理石で彫った天使や動物などが師匠のに添えて売れるようになった。若いのに腕がいいと言われた。あいつの天使は顔がいいとも言われた。

一方、ミルトスは不運に見舞われた。急な病気で母親がなくなり、それで父親はひどく気落ちして商売をおろそかにした。約束の日に品物がそろっていない。納入する品目をまちがえ、代金の計算をまちがえ、そう指摘されてもぼんやりしている。その分を一人息子のミルトスが肩代わりできればよかったのだが、彼にはまだそれだけの力量がなかった。長いつきあいの取引先ばかりだったはずなのにだんだん信用がなくなって顧客を競争相手に奪われた。

若い二代目は頼りにならない親を抱えて苦労した。それにミルトスのふるまいには唐突で堅実さを欠くところがあった。どこか危ない。それを人々は心配した。堅い売買だけしていれば安定していたはずなのに投機的すぎるのだ。

失意の父親は妻を失って二年後に死んだ。兄弟はいなかったしミルトス一人が残された。そしてその一年後に彼の店は倒産した。父親が築いた材木商の店を失った。最後まで残ったぼくの父も家具用のオリーブ材の仕入れ先を変えなければならなかった。

それでも父の工房にミルトスがそのオリーブ材を持ってくることは変わらなかった。彼はかつての商売敵だった店に雇われた。屈辱だったけれど知識と能力を生かすにはそれがいちばんだったし、他の生きかたは知らなかったと言ってもいい。

そうなってからもぼくとミルトスはよく一緒に遊んだ。飲みにも行ったし、夏は海水浴にも行った。なんとなく町を散歩することもあった。彼がくれた端材でちょっとしたものを彫って返すこともあった。彼はまたそれで好きな若い娘の歓心を買ったりして。

ある時、ぼくの師匠が大きな注文を受けた。アリストプロスという羽振りのいい木綿商がいた。ベナキスなどと肩を並べる大物だった。その邸宅の改築を機に、庭に大理石の彫刻を置くことを当主は思いついた。

師匠に連れられてぼくはその邸宅に行って、庭を歩き、どんなものにするか当主と相談する場に同席した。師匠はいろいろな彫刻を描いた見本帳を持っていた。見本帳を見ながら当主は、妻が好まないのであまりエロティックなのは困ると言った。このアフロディーテーなどは、これは無理だ。こちらの着衣のアルテミスくらいまで。それにエジプト風のものも少し欲しい。ほっそりした猫とか、池の葦《あし》の間に河馬とか。

そう言って当主はぼくの方を見た。

いえ、その程度のものはもっと下の弟子に作らせます。この若者にはもっとむずかしいものを任せるつもりです。それだけの腕がありますから。

そこで、アルテミスを中心に据えることが決められた。その脇に二人のニンフ。ぼくがニンフを彫ることになった。ぼくは知っているいくつかの彫刻の顔を思い浮かべて配置を考えた。

ちょっと相談があるのだが、と当主が師匠に小さな声で言った。アルテミスの顔を妻に似せてはもらえまいか。もちろん今の妻は女神のように若くも美しくもないのだが、若い時を彷彿《ほうふつ》させるところが少しでもあるとありがたい。

師匠はもちろん承知した。どんな注文の場合でもこの種の配慮は大事だ。当主が召使いに告げると、やがて夫人が出てきた。若くも美しくもないと夫が言うのでどんな女性かと思っていたが、夫人はまだ充分に美しかった。これならばあまり無理をしないでも女神に仕立てられる。

そう思ったところに、家の中からもう一人の女性が出てきた。若い。まだほとんど少女と呼んでもいい。こちらは文句なしに美しかった。

当主が娘のアダだと紹介した。こちらをモデルにすればそのままアルテミスだ。なぜそうしないのかとちょっと考えて、やがて気づいた。母と娘は似ていない。美しさの型が違う。歳も近すぎる。実の母子ではないのだ。

こちらをニンフに仕立ててもいいだろうか。見た目は二人でにこにこ笑って話しているけれど、生《な》さぬ仲の母と娘が親密かどうかわからない。夫人がいないところで当主にたしかめた方がいいようだ、と考えながら娘の顔をあらためて見た。鋳造したての銀貨のようにきらきらときれいな、でもとても気の強そうな顔だった。

当主が娘にぼくの師匠を紹介した。

娘は形ばかり挨拶《あいさつ》をして、ぼくの方を見た。

あなたは何なの、と聞くから、徒弟ですと答えた。

すると、じゃ、猫とか馬とか作るの、と聞く。ちょっとこちらを小馬鹿にしたような言いかた。

猫も馬も彫りますし、人間も女神も彫ります。

なら、私を彫れる？

女神としてですか、それとも猫として？

彼女はむっとした。それがすぐ顔に出る。継母《ままはは》はにっと笑ったし、当主と師匠はおろおろしていた。

生意気ね。ひっかかれたいの？

あなたになら。

それでアダは怒りが解けて、けらけらと笑い出した。たぶん普段は誰も彼女に逆らったり反論したりからかったりしないのだろう。それに、ひっかかれたいの、と言った時から彼女は機知のゲームに乗っていた。猫になっていた。

師匠は夫人に似せてアルテミスを彫るために、日を改めて向こうの屋敷に出向いて何枚かスケッチをしてきた。

娘のアダをニンフのモデルにするという案に夫人は反対しなかった。自分が主役だからいいと思ったのだろうと師匠は言った。そこでぼくもアダの顔をスケッチに行くことになり、師匠とはまた別の日に一人で出かけた。

ぼくが顔を描いている間、彼女ははじめすまして黙っていたけれど、やがて退屈して喋《しゃべ》りだした。自分のことはあまり言わず、どうしてそんな仕事を選んだのかとか、一日中こつこつ石を刻むばかりでつまらなくはないのかとか、こちらのことを聞かれた。

潑剌《はつらつ》として、美しくて、才気にあふれている。絵や彫刻についてもなかなかの意見を持っている。親たちについて辛辣《しんらつ》なことをちらっと言う。気弱な当主と気の強い後妻と気の強い娘という家庭の雰囲気をぼくが読み取ったことに彼女は気づいていた。ぼくはあたりさわりのない返事をした。

異性としてとても魅力的だけれど、その時は自分と何か関わりが生じ得る相手だとは思わなかった。住んでいる世界が違う。いい家のお嬢さまで、若くて、きれいで、頭がいい。毎日どんなことをして過ごしているのかこちらには見当もつかない。せいぜい派手な生活を想像するばかりだが、むしろぼくはそれを自分に禁じた。

それからの何週間かの間にぼくはしばしばスケッチを取り出してアダの顔を見た。どんな風に彫るか、頭の中で何度も試作を繰り返した。ニンフは二体だったから、一方は誰でもない標準的な古典ギリシャ様式の像にするつもりだった。それを引き立て役にして、もう一方をアダに似せる。ポーズと表情。薄い着衣の像だが、身体の形をモデルに合わせるところまではしない。そんなスケッチもしなかったし。

ぼくのニンフ二体と師匠のアルテミスが仕上がったのは半年ほど後だった。その間にアリストプロス家の当主は二度ほど工房まで進み具合を見に来たし、二度目には夫人も一緒だったけれどアダは来なかった。

完成した彫像を搬入する日が来た。

三体の彫像は梱包《こんぽう》されたまま現場に運び込まれ、台座の上に立てられてから、みんなの見ている前で覆いを解かれた。

アルテミスの像を見て夫人は満足そうな顔をした。それを見て当主は安心した。その様子を見て師匠は安心した。ぼくが見てもその像は夫人の面影を写しながら、最適な量だけの理想化が試みられていて、いい出来だった。

ぼくのニンフは力が入りすぎたかもしれない。ぼくはモデルの相貌《そうぼう》だけでなく、性格に近いところまで表現しようとした。女神の脇に控える身だから慎《つつ》ましいのだが、しかしもともと慎ましいのではなく立場をわきまえて敢《あ》えて抑えた結果の慎ましさ。そんな感じまで出せたかどうかわからなかったけれど、視線を下げたニンフの顔にはどこか少しだけ驕慢《きょうまん》なところがあった。古典をモデルにしたもう一体の方が普通におとなしい顔と表情だっただけに、見る人が見れば違いは明らかだったはずだ。

アダはその前に立ってずっとニンフの顔を見上げていた。夫人がいいわねと軽くいい、当主がそれに同調した。みんなの関心がアルテミスに戻ってからもアダはずっと自分の像を見ていた。

感想は最後まで一言も口にしなかったけれど、それでもぼくは彼女がこの作品を受け入れたと思った。

7

いい家のお嬢さんで、遊ぶ相手なんかいくらでもいるし、誰に対しても好きなだけわがままが言える。

そういうアダがなぜぼくを選んだのか、初めはよくわからなかった。聞けば、金持ちの坊やたちは頭が悪くてつまらないと言う。そんなはずはないと思ったけれど、アダがぼくを選ぶのならそれでいいわけだ。ぼくは余計なことを考えるのをやめ、彼女の言葉をそのまま信じて、有頂天になって、一緒に遊び歩いた。

夕方になって、石を彫るにも絵を描くにも空の光が足りなくなり、ぼくがアトリエの掃除を始めるころ、アダがやってくる。一人ではない。いつもシェイダという若い侍女がついてきた。どんな時でも二人一緒。

彼女たちが来るとぼくは掃除をいいかげんに終えて一緒に遊びに出る。行く先は芝居だったり、ただの町の散歩だったり、フランスから来たフルート奏者の音楽会だったり、新しい遊園地だったり。おもしろ半分に女たちの買い物にもついて行ったし、休みの日に昼から少し離れたアブキールの海岸へ市電に乗って行ったこともあった。あるいはカモメが騒ぐ海岸通りをぶらぶら散歩することもあった。二つの港を区切る岬を先端まで歩いていってカイト・ベイの砦《とりで》を見物した。砦の入り口にはぼろをまとった物乞《ものご》いが坐《すわ》り込んでいた。その手にぼくは小銭を落とした。

半ば崩れた石の間を歩きながら、はるか昔、ここには大きな灯台があって遠くから来る船の目印になっていたという話をぼくはアダにした。

「どのくらいの昔？」

「イエス・キリストが生まれる何百年も前」

「アルテミスやニンフやテーセウスがいたころ?」

「それよりは後。アレクサンドロスがここに都を造って、その後。クレオパトラより前のころ」

「あの有名な女王ね。ローマの将軍を二人も恋人にした」

「そう。あのころ」

ぼくに会えばアダは、あなたが好きよ、とけらけら笑いながら言う。それで嬉《うれ》しくなって一緒に遊び回る。アダは金持ちの集まる遊び場にぼくを連れていき、庶民的なところにも喜んでついてきた。それに、この町生まれのトルコ女であるシェイダも品のないおもしろい遊び場をよく知っていた。

初めの頃は場末の汚いカフェでアダと何時間もお喋《しゃべ》りをした。二人とも若かった。むしろ幼かったと言ってもいい。アダはよく喋った。亡くなった母親のこと、父の再婚のこと、それ以来なんでも言うことを聞いてくれる甘い父親のこと、恐れていたほど悪くはなかった継母《ままはは》の性格のこと、ふだんは無視してくれるのがありがたいこと、同性の同じ年頃のお固い友だちのこと、最初に会った時のぼくの印象、あの石で彫ったニンフの感想、次の機会には何に似せて彫るか。

いつもシェイダが一緒にいることはぼくたちにとって都合がよかった。本来ならばお嬢さまの見張り役だったはずのこの娘はむしろぼくとアダの時間を利用しようとした。彼女自身がずいぶん遊び好きだったのだろう。ぼくとアダが話している間に小一時間ほど席を外してどこかに行くことがあった。やがて上気した顔で帰ってくる。月に二日の休みの日にはどこで何をしているかわからないとアダは言っていた。にやにやするだけで話さないのだそうだ。

もちろんぼくたちはお互いの身体を意識していた。半年くらいたった頃からか、シェイダがけしかけたおかげもあって、アダとぼくは次第に大胆になった。会うたびにそっと手を握ったり、人目がないところで肩に手を回したり、唇を合わせたりする。それはもちろん二人の気持ちがそれを求めたからだけれども、シェイダは決してとがめなかった。

シェイダはアダより少し年上で、たぶんとても早熟だった。身体の喜びについてシェイダは詳しくアダに話した、とアダは言った。教えられたことをアダはぼくを相手にそっと試した。会うたびに互いの手が触れる位置がだんだん衣服の奥の方になった。快楽は目もくらむほどだった。

あの大都会で若い二人が人目のないところを探すのは難しかったけれど、シェイダはそれが上手だった。建物の陰、夜の中庭、アダの屋敷の使われていない部屋……そういうところに行くたびに彼女はぼくたちを二人きりにして、自分はちょっと離れたところで人が来ないよう見張りをしていた。その間にぼくたちは夢中になって抱き合った。

ぼくのような若い職人に恋人がいるのはあの都会でも珍しいことだった。若い女たちは家族によって守られていたし、普通につきあえるのはお金を受け取る女だけだった。工房の仲間たちはみんなそうしていた。ぼくだけがとんでもない例外で、そのことで妬《ねた》まれた。どこまでやったかとからかわれた。それでも、ぼくがいちばん腕のいい弟子だということは誰もが認めていたから、ぼくはそんなからかいを無視することができた。

仲よくなって一年ほどたった頃だったか、彼女の父と継母が何か大きな用事でカイロに行った時、アダはぼくをそっと家に呼び入れた。ぼくは屋敷の塀のすぐ外に坐り込んで、不安な思いで二時間ほど待たされ、ようやくシェイダがそっと開けた木戸から中に入った。他の召使いたちがなかなか引っ込まなくて、と寝室で待っていたアダは小さな声で言ってぼくに抱きついた。

ぼくたちは夜を共に過ごした。隣の部屋にシェイダがいた。たぶんぼくたちの声に耳を傾けて自分も楽しんでいたのだろう。その晩、アダが処女でないことをぼくは知った。それは事故のようなものだったと言い、辛《つら》い話だから聞かないでと言った。ぼくはその言葉を信じてそれ以上は追及しなかった。聞きたくなかったし、目の前の快楽に酔っていた。

ぼくたちは互いの身体に夢中だった。夜の機会はなかなかなかったけれど、親がいなければ昼間でも彼女の部屋に忍び込んだ。アダの衣服の間からそっと手を差し込んで肌を撫《な》で、やがて唇を押しつけ、匂いを嗅《か》ぐ。衣服を脱がせていく。そうしながら相手の身体がだんだんに熱を帯びるのを確かめ、そのことが自分をも高めていることをそれとなく伝える。長い間お互いをじらしながらことを進めて、最後にはすっかり裸で抱き合って、身体をつないで、行けるところまで行く。二人の腰に天使が降臨する。

その記憶がアダと離れている時にもずっとぼくについて回った。いつでもぼくはアダの身体のことを考えていたし、石を彫る時にもアダの身体の細部が目の前にちらついた。正座した豹《ひょう》を彫りながら、その背中のしなやかさにアダの腿《もも》から尻《しり》への曲面を重ねていた。そのために彫刻職人として腕が上がったと思った。実際ぼくは評判がよかった。

なんでこんな眩《まぶ》しいほどの快楽が身体から得られるのだろう、と時々ぼくは考えた。人はこれを罪だという。アダの父親が知ったら怒るだろうし、ぼくはあの家に出入りできなくなるだろう。庭に置いた彫刻を三点ほど増やす話が持ち上がっていたけれど、もしもことが露見したらぼくはその仕事から外される。ひょっとしたら今の師匠のところを追い出されるかもしれない。世間に知れたらアダはよい結婚を逃すかもしれない。ギリシャ系の名門の家同士が取り結ぶ、互いの利になる結婚。ぼくとの間では出たこともない結婚という話題。

いや、あの頃のあの都会では他の家の娘たちもそれぞれにこっそり楽しんでいたのだろうか。

ぼくはほとんど教会に行かなかったけれど、アダの家は日曜日ごとにきちんと教会に行っていた。その後、親たちがそのまま誰かの家の会食に行ってしまったことがあった。ぼくはアダの部屋に行った。

その午後、ことが終わった後でぼくはアダの胸に頰を寄せながら考えた。反省をしたわけではない。ただ不思議だったのだ。

「神様はどうしてこんなことを人間にお許しになったんだろう?」

「知らないわよ、そんなこと」

「どうしていけないって教会では言うんだろう?」

「知らないったら」とアダは気だるげに言った。

「神様は本当はこういうことがお好きなんだ。人間たちが楽しいことをするのをお喜びなんだ。だからそのように身体というものをお造りになった。でも神父さんたちはそれが妬ましいから、だから禁じる。結婚しなければやってはいけないって言う」

「あの人たちもやっているわよ。若くて顔のいい坊さんなんて、未亡人を慰めるのに走り回っているわ」

「こんな楽しいこと、誰だって我慢できるはずがないよ。そういう風に神様が造ってしまったんだから」

「だったらもう一度やって。ねえ、触って」と言いながらアダはぼくの手を取って乳房に導いた。

　そういう快楽について書いたあの都会の詩人の詩をぼくは思い出す。ぼくらが夜ごと遊び回っているちょうどあの時期にあの詩人は亡くなったのではなかったか。灌漑《かんがい》局の真面目な官僚として昼間を過ごし、夜となると美しい少年を求めて町をさまよったあの詩人。その評判をぼくは誰に聞いたのだろう。誰に借りてその詩を写したのだったろう。ああ、カヴァフィス。

　　彼はいつも誓う　よりよき暮らしを送ると。
　　しかし夜がやってきて　忠告をささやき
　　妥協をちらつかせ　約束をほのめかすと、
　　夜がやってきて　懇願しまた慫慂《しょうよう》し
　　肉体の力をもって迫ると、彼は負けて

運命的な快楽へと戻ってゆく。

まさにこのようにぼくたちは快楽の力に負けたのだ、何度となく。

ぼくはどれくらいアダを独占していたのだろう。会っていない時のことはわからない。あの立派な家族の社交界での地位はよく知っていたし、ぼくが行かなかった催しのことを彼女の口から聞くこともあった。ぼくが知らないいろいろな男とアダは会う機会があった。それをどう利用していたか、ぼくにはわからない。

あなたが好き、とアダは言う。でもいつもどこかに嘘が混じっている。それをぼくは感知していた。アダは自分を作っていた。ある姿の自分を想定してそれに合わせようとしている。あるいはある種の自分像だけをぼくに見せようとしている。でも、どんなアダでもぼくはアダが好きだった。どんなことがあっても離れたくなかった。アダがどこかで少しぼくを騙《だま》しているのならずっと騙されたままでいたかった。ぼくの前にいるアダだけがぼくのアダだった。

時々、アダが急に冷たくなることがあった。ぼくを避け、会う機会をなかなか作らず、会っていてもよそよそしかった。この仲ももうおしまいかとぼくが絶望して、忘れようとして、なんとか傷が癒《い》えたころ、アダは帰ってくる。前にも増して熱烈になる。その間に誰か別の男が関わったのかとぼくは考えたけれども、帰ってきたアダを追及はしなかった。シェイダも何も言わなかった。

そんなことが何回か繰り返された後で、遊ぶ三人にミルトスが加わった。後になって考えればぼくはそんなことをすべきではなかったのだが、その時にはそれがよい考えのように思われた。

アダとぼくはシェイダに対して気を遣っていた。ぼくたちの秘密の行動にはいつも彼女が関わっていたけれど、肝心の寝床の中のことにはもちろん彼女は加わらない。それが不満であることを彼女はぼくに密《ひそ》かに伝えていた。三人でいる時にたまたま少しアダが席を外したりすると、シェイダはねっとりとからみつくような目でぼくを見ることがあった。ぼくの方にアダのより豊かな胸を突き出してみせた。あたしだってあんたをいい気持ちにさせてあげられる、とその目は言っていた。ぼくはそれを無視した。ぼくにはアダがいたから。

だからといってぼくは昔からの友だちのミルトスを彼女にあてがおうと誘い込んだわけではない。ただ三人よりは四人の方が楽しいこともあると思っただけだ。最初はただの偶然だった。ぼくたち三人と彼がたまたま道で会った。そのまま一緒に食事に行って、次回からは誘うようになった。ミルトスは家の没落の後、孤児になってからは他の店に雇われて働いていたが、腕がいいので生活は安定していた。恋人はたぶんいなかったのだろう。だからシェイダとすぐ仲よくなった。二人が気が合うことは横で見ていてもわかった。ぼくとアダはそれをからかったけれど、どこかで安心もしたのだった。

二人きりになれる場所がないことに苛立《いらだ》って、部屋を借りようと言い出したのはシェイダとミルトスだった。ぼくたちが反対したら彼ら二人だけでも借りたかもしれないが、ぼくもアダもそれは都合がいいと考えた。あの大都会ではそんな部屋はすぐにも見つかった。場末の騒々しいところだが、それが却《かえ》っておもしろかった。家賃の半分はアダが出し、残りをぼくとミルトスが負担した。シェイダは掃除と敷布の洗濯などをしてくれる老婆を探してきた。

月に一度くらいぼくとアダはその部屋で長い午後を過ごした。ミルトスたちがいつどういう風にそこを使っているか、ぼくたちは聞かなかったが、ちょっとした使いに出たシェイダが彼を呼び出して部屋に直行する場面は想像できた。あるいは彼女は夜中にそっと屋敷を抜け出しているのかもしれない。アダが黙っていれば誰にも気づかれないし。

ぼくはアダと部屋で会いながら、別の時間に同じこのベッドで同じようなことを話しながら同じことをしているミルトスとシェイダの姿を想像した。その姿に欲望を煽《あお》られてぼくはまたアダに欲望を燃やした。なんといってもぼくたちはみんな若かったのだ。それはそれから起こったことの言い訳にはならないとしても。

ある晩、四人がそろったので町に出ることにした。なじみの店で夕食を済ませて、それからまた歩く。その夜はなぜか四人の足がこの町でも特に品の下がる猥雑《わいざつ》な界隈《かいわい》に向かった。すれ違う男たちがアダやシェイダの顔をのぞき込んだ。ぼくとミルトスは女二人の両側を守るように歩いた。

「何か飲みたい。ここに入らない？」とアダが言って一軒のいかにも怪しげな店を指した。

「止めた方がいい」と即座にミルトスが言った。「ここは商売女のたまり場だ」

「おもしろいじゃないか」とぼくが言ったのは食事の時のワインでだいぶ酔っていたからだ。

「ちょっとだけ」とアダは言った。「そういう女って見てみたいから」

「向こうが嫌がるよ」とミルトスは言った。

シェイダは何も言わなかったが、目には好奇の色が浮かんでいた。

「入ろうよ」と言ってぼくが先に立って中に入った。

本当に下品な店だった。商売女が二、三人、所在なげにたむろしていて、常連だか用心棒だか柄の悪い男が二人いた。

ぼくたちは明らかに場違いな客だった。だいたい女連れで入るところじゃない。

ワインを一本取って、四人とも一口だけ飲んですぐにグラスを置いた。とてもまずかったのだ。

女たちはこちらをにらんでいる。

もう出ようよ、とぼくが言いかけた時、酔っぱらいが一人入ってきた。

女の一人に親しげに声を掛けて冷たくあしらわれ、店内を見回してぼくたちに気づいた。

ふらふらとやってきて、アダとシェイダを見比べる。

「きれいなねえちゃんだな」とアダを見て言った。

アダはきっとなった。

「あんたの女、いくらだい？」とぼくの顔を見て聞く。

「売り物じゃない。あっちへ行ってろ」とミルトスが言った。

「そっちのは？」とシェイダを指して聞く。

「ぼくたちはワインを飲みに入ったただの客だ」とぼくは言った。

酔っぱらいがアダの顔に手を伸ばした。

アダは半分立ち上がって平手で思いっきりそいつの顔をひっぱたいた。いい音がした。

酔っぱらいがアダにつかみかかり、それをミルトスが殴り倒し、用心棒が立って来て、女たちも来て、気がついたら乱闘になっていた。女の一人がワインの瓶を振り回すのをぼくはもぎ取った。

「二人を連れて逃げろ」とミルトスが怒鳴った。

「でも……」

「ここは任せろ」

ぼくはアダとシェイダを戸口の方へ押した。用心棒の一方がその邪魔をしようとした。ミルトスが素早く目の前の椅子を両手に構えて間に入った。

ぼくはアダたちを外へ押し出し、自分もその後に続いた。後ろのミルトスが気がかりだったけれども、この界隈にアダたちを二人だけで放り出すわけにはいかない。

ぼくは二人を促して早足で歩いた。二人とも何も言わずに歩いた。酔いはすっかり醒《さ》めていた。

大通りに出たところで辻《つじ》馬車をみつけ、二人を押し込んだ。これで家までは帰れるだろう。

ぼくは店にとって返そうとした。もう勝負はついているにしても、何かミルトスのためにできることがあるはずだ。

ところが道がわからなかった。行った時はなんとなく歩いていただけだったし、帰りは二人をその界隈から連れ出すのに夢中でよく見ていなかった。小一時間うろうろ捜し回ったあげく、ぼくは諦《あきら》めた。ミルトスのことだからなんとか抜け出しただろうと考えることにした。

ふと気づいてぼくは部屋に行ってみた。

彼はそこにいた。ぼくはまっすぐここに来ればよかったのだ。

ベッドに坐《すわ》ってじっとしている。見ると顔は傷だらけで、頭から血を流し、ひどいありさまだった。

「大丈夫か？」とぼくは聞いた。

うなる。

「大きな傷は？」

「たいしたことはない」

「今、手当てをする」

そう言ったものの、ぼくは傷の手当てなど何も知らなかったし、ここには薬も包帯もない。

どうしようかと考えているところへ、扉が開いてシェイダが入ってきた。

「やっぱりここにいたのね」

ぼくを無視して駆け寄り、顔を見てぎょっとして、まず唇にそっとキスした。

それからぼくの方を見た。何の用があってそこにいるのと言わんばかりの冷たい表情だった。

部屋には身体を洗ったりする水のための手桶《ておけ》があった。彼女はそれをぼくに手渡した。

「水を汲《く》んできて」

ぼくが水を持って戻ると、シェイダは持参した手提げから薬や清潔な布を出して、傷の手当てを始めた。手際がよかった。服を脱がせて身体の傷を調べる。青あざや擦り傷は多かったけれど、折れた骨などはないようだ。

幸い出血は止まっていたし、見た目の割りに傷はどれも浅かった。

「大変だったわね」とシェイダは言った。「お嬢さまをお届けして、すぐに薬を用意して来たんだけど」

「大したことはない。向こうの奴らの姿を見せたかった」とミルトスはかすれた声で言って笑った。

ぼくは所在なくそこに立っていた。二人ともぼくを無視している。居心地が悪かったけれど、そのまま帰るのも不人情なような気がした。まだ何か手伝えることがあるかもしれない。

一通りの手当ては終わった。

「ねえ、このまま眠る？　それとも何か元気が出るようなことする？」

くすくす笑いながらシェイダが聞いた。蜜《みつ》がしたたるような甘い声だった。

「胸を見せてくれ」とミルトスが囁《ささや》いた。

シェイダは盛り上がったブラウスの胸ボタンを外しはじめ、ふっと振り返ってぼくを見た。

「帰ってください」

ぼくは「明日《あした》また来る」とだけ言って部屋を出た。

後になってぼくは何度も考えた。

悪いのは本当にシェイダだったのだろうか？　あのトルコ女がそそのかしたり、手引きしたりしたからアダも悪くなったのだろうか？　それともあの二人はどっちも奔放で淫蕩《いんとう》な性格で、それがたまたま同じ屋敷でずっと一緒に暮らすことになったから、互いを堕落させあったのだろうか？

わからないのは、なぜシェイダはあんなに仲がよくて大事にしていた自分の男を女主人と共有することを認めたかというところだ。自分だけのものにしておけばいいのに、なぜ二人を止めなかったのだろう？　三人の方が楽しいことができるという誘いにぼくが乗らなかったからか。

ミルトスがアダに言い寄ったとは思えない。ぼくが知るかぎりミルトスは、それなりに女好きではあったけれども、ぼくからアダを奪おうとするような男ではない。少なくとも自分からそんなことはしない。

その夜の事件があった一週間ほど後、ぼくは何か忘れ物を取りに部屋へ行こうとして、その家のある方へ角を曲がった。ミルトスが元気になったらまた四人で、今度はきちんとした店で食事をしようということにはなっていた。しかしその予定はまだ先の話だったし、あの晩の後は彼にも女たちにもぼくは会っていなかった。

その夜はアダは何か名門の家のパーティーに行く予定だと言っていた。シェイダは会場まで同行するはずだし、部屋には誰もいないだろうとぼくは思った。だから普通に戸口まで行って扉を開いた。

中に三人がいた。ミルトスとシェイダはすっかり裸で寝床におり、その脇に半裸のアダが立っていた。シェイダは半身を起こしていて、ミルトスはすっかり横になっている。顔の傷はまだ癒《い》えておらず、上腕には青い大きな打ち身の跡があった。

その光景は一瞬でぼくの目に焼き付いた。

ぼくは凍りつき、三人も凍りつき、無言の時間がしばらく過ぎた。ぼくはどうしていいかわからず、中に踏み込む力もなく、そのまま扉を閉めて階段を駆け下りた。

「ミノス！」というアダの声が後ろから聞こえた。

町に出て、暗い街路をひたすら歩いた。あそこに踏み込んで言うべきことを言うべきだったのか、三人を問い詰めるべきだったのか、ミルトスを殴り、女たちを張り倒すべきだったのか。

いったいなんでこんなことになってしまったのだろう。この前の晩のことがいけなかったのだろうか。迂闊《うかつ》にあんな店に入ってミルトスが怪我《けが》をした。それをアダは申し訳なく思い、あるいは勇敢な彼のふるまいに報いようと、服を脱いだのか。ぼくのふがいなさを補うつもりだったのか。それとも、三人であういうことがやってみたかったのか。シェイダがいる以上、シェイダの促しがなければあんな場面にはならない。アダとミルトスの間にはぼくとシェイダという二つの障害があったはずだ。しかしその障害の一方は実は障害ではなく案内標識だった。蜂蜜を塗った罠《わな》だった。

ミルトスがぼくを裏切った。アダがぼくを裏切った。それをシェイダが手引きした。ぼくは輪の外に捨てられた。

その晩はどうやって家に帰ったか覚えていない。目前の心の苦痛を忘れるために二軒も三軒も店を回って強い酒を飲んだ。そんなことで苦痛が忘れられると思うほどぼくは若くて未経験だった。飲んでも飲んでも三人の光景は目から消えなかった。

それと交換のように、取りに行った忘れ物が何だったか、いくら考えても思い出せなかった。

8

アダから手紙が来た。

明日の晩に部屋で待っているから来てと書いてあった。

ぼくは無視した。その時間になって、あそこに行けばアダがいるのにと思いながら行かないのはおそろしく辛《つら》かった。

しかしぼくはもうアダやミルトスにはぜったい会うまいと決めていた。あの部屋には行かない。アダの屋敷にも行かない。

この先、会っても、話していても、肌に触れても、背を向けて声を聞くだけだって、あの夜のあの場面が目に浮かぶだろう。自分ではなくミルトスが彼女を抱いているような気持ちになるだろう。心に嚙《か》みついて毒を注ぐ蛇のような狡猾《こうかつ》なシェイダがいつも傍らに立って乳房を揺すりながらにやにや笑って見ているだろう。

毎日ぼくは朝早く工房に行き、暗くなるまで働いた。石材の切り出しや荒削りなど、わざわざ疲れる力仕事ばかり選んでやった。もしもここにアダがいきなり来たらどうしようと考えて鑿《のみ》を持つ手が止まることがあった。シェイダが呼び出しに来たらどうしよう。

やがて来たのはミルトスからの手紙だった。知らない子供が届けてきた。

二人で会って話そう。明日の晩、十時、カイト・ベイの砦《とりで》。きみのミルトス

なんでそんな時間にそんな場所にしたのかわからなかった。静かで邪魔の入らないところということだろうか。

三人にはもうぜったいに会わないと決めていたのに、ぼくは手紙を見て迷った。ミルトスと二人だけならば静かな気持ちで話ができるような気がした。これからはお互い別々の道を行こうと伝えることができると思ったし、そうすべきだと思った。もう友だちではない。

行ってそう言おう。

ことをはっきりさせよう。

ぼくは落ち着かないままその日一日、ただ手だけ動かすように仕事をして、一人で簡単な夕食を済ませ、約束の場所に向かった。

満月の夜だった。

砦は前の方にそびえ立っていた。角のところに入り口があり、中庭に入ることがで

きる。そこにミルトスが立っていた。

「こっちだ」と言って先に立って歩く。

「なんでこんなところで？」

「邪魔がいない。おちついて話せる」

中庭を横切り、海側の城壁に開いた大きな穴から外に出た。城壁に沿ってずっと幅二メートルほどの歩廊が伸びていた。大きな四角い石がいくつも転がっていて歩きにくい。左側は海だった。

「あの穴のこと、知ってるか？」

途中で振り返ったミルトスは今抜けてきた穴の方を示して聞いた。

「いや」

「イギリス軍の砲撃の跡だ。もう五十年も前のことさ」

そう言ってなおも先へ行く。

穴から数十メートルも行ったところでようやく足を止めた。

「坐《すわ》れよ」

ぼくはそこに転がっていた石に腰を下ろした。ずっと下の方で波が音をたてていた。

「中庭には人が来る。月夜にはあそこで逢《あ》い引きする奴がいる。ここまでは誰も来ない」

「何の話だ、ぼくに？」

「アダとの仲を戻せよ。俺はあの女とは何もしていない。あの時はシェイダと胸の大きさを比べていただけだ。そこへおまえが来て、誤解した」

「嘘だ。ともかくもう終わったんだ。きみにももう会わない。いいじゃないか、きみも、ぼくも、アダとシェイダも、それぞれに生きていけば」

「アダはおまえに会いたがっている」

「もう終わったんだったら」

「どうしてもか？」

「ああ」

「しかたがないな」と言ってミルトスは後ろを振り向いた。「出て来た方がいいみたいだ。俺では説得できない」

城壁の下、大きな石材の陰からふわっと二つの人影が現れた。月の光の中まで歩み寄った時、顔が見えた。アダとシェイダだった。アダは白いゆったりした服を着ていて、シェイダは何か黒いものをまとっていた。

「ひさしぶりね」とアダが言った。

ぼくはしばらく口がきけなかった。

「だましたのか？」とミルトスに言う。「きみだけだと思っていたのに」

「俺が呼び出せば来るかと思った。シェイダの知恵だ」

白い衣裳《いしょう》のアダが近づいた。月の光でとても美しく見えた。

「あなたと来たここで会いたかったの。私の話を聞いて」

「聞くことはないよ。もう終わりだ」

「ミルトスの言うとおりよ。あの晩、わたしは彼と何もしていない。ちょっと胸を見せただけ。それはいけないことだと思うわ。もう二度としない。だから、わたしを許して、元の仲に戻ってくれない？」

「駄目だよ。信じられない」

ぼくは立ち上がった。

アダは白いうすぎぬの前に盛り上がる乳房を両の掌《てのひら》で押さえて見せた。

「あなたにしか見せないわ。決して他の男には見せない」

月の光の中で白い薄い布に包まれた胸は美しかった。

「アリアドネを彫ってくれるんでしょ、これの似姿に」

ぼくは動揺した。手を伸ばして触れたいと思った。

アダが一歩近づいた。

手を伸ばせば触れられる。

その時、アダの背後でミルトスが立ち上がった。

「もう、嘘っぽいことはよせや」

さきほどとはまるで違う口調だった。

アダは驚いて振り返った。

ぼくもそちらを見た。

「本当を言うとな、俺もシェイダも、おまえたちにくっついて生きるのはもううんざりなんだ」

「何を言っているの？」とアダが聞いた。

「ミノス、おまえの疑いのとおりだよ。あの晩、この女は俺と寝た。シェイダの提案に乗ったんだ。窮地から救ってくれた英雄にアダはご褒美をくれたのさ」

「嘘よ！」

「嘘ではないわ」とミルトスの背後に立ったシェイダが言った。「お嬢さまはあの晩、あたしのミルトスと床を共にしたの。あたしはそれを勧めた。あなたのアダを汚したかったから」

「シェイダ、何を言うの？」

アダは半分泣きそうな顔をしていた。少なくともぼくにはそう見えた。

「あたしもお嬢さまのわがままに仕えるのはもう飽きたのよ。ミルトスは独立すると決めたし、あたしもご奉公は辞めるわ。一緒に暮らして、この人に毎晩抱いてもらいます。お二人が遊びに来てくれたら、四人で楽しめるわよ」

アダは唖然《あぜん》としてシェイダの顔を見ていた。

「筋書きとは違うことになったたな」とミルトスがアダに言った。「だが、俺もシェイダと同じ気持ちなんだ。ミノスが持っているものを妬《ねた》むだけの人生はもう嫌だと思った。ちゃんとした親のいる立派な家庭も、人の敬意を集める才能も、きれいな恋人も、あの公園の池で流された舟も」

ああ、そんなことがあったとぼくは思った。ミルトスが浮き草の中から取ってきてくれて、しばらくはミルトスが自分のものにしていたあの舟。

「だからあんたを寝床に誘った。自分のものにしてみたかった。俺のシェイダが上手に手引きしてくれたよ」

「嘘よ、ぜんぶ嘘！」

「いい身体だよ、おまえのアダは」

そうミルトスが言って、自分の唇に人差し指を付け、卑猥《ひわい》に身体を揺すった。

ぼくは何か叫びながらミルトスに突進した。体重のかぎりを込めて身体をぶつけ突き倒した。

ミルトスは不意を突かれて後ろにひっくり返ったが、すぐに起き上がってぼくを捕らえた。

硬い石の上を取っ組み合ったままごろごろ転げ回った。

立って殴り、引き倒し、何度となく叫び声を上げながらぶつかり合った。ミルトスはぼくよりだいぶ大きいからぼくは必死だった。

最後にぼくが彼の顔に手を当てて背後の石の壁の方へ突き飛ばしたのだったと思う。足がもつれたミルトスはしたたかに壁に頭をぶつけた。そこに倒れて動かなくなった。

まともに息ができるようになるまでしばらくかかった。よろよろと立ち上がり、彼のところに行った。

顔には何の表情もなかった。息をしていない。

ミルトスは死んでいた。

ぼくは二人の女と顔を見合わせた。

「あなたが殺したのよ」とシェイダは言った。

「そうだ」

「どうするの?」とアダが聞いた。

ぼくは石の上に横になった死人を見た。

だんだんに寒くなってきた。

ぼくは必死で考えた。

「このまま海に流すしかない」とぼくは小さな声で言った。

シェイダもアダも納得したようだった。

「お葬式もおミサもなしで……」とアダがつぶやいた。

「許してくれ。いつか百回のおミサを挙げるから」

そう言いながらぼくは彼を転がして水に落とした。ゆっくり波に彼は浮き沈みし、少しずつ流れ、やがて月の光も届かないあたりに見えなくなった。

ぼくはそのまま朝までもそこに坐《すわ》って友だちを見送りたい気持ちだったけれど、女たちは怯《おび》えていた。早くこの場を立ち去りたいとぼくに懇願した。

三人で、黙ったまま、それぞれ物思いに沈んだまま、月明かりの道を町へ戻った。幸いすれ違う者はいなかったし、濡《ぬ》れたぼくを見とがめる者もいなかった。

しかし、波のまにまに漂いながら次第に沖の方へ流されてゆくミルトスの姿は目の中にちらついて離れなかった。

ぼくは二人を屋敷の近くまで送り、黙って別れ、一人で部屋に行った。汚れた服を脱いで、ざっと傷の手当てをし、寝床に入った。ぼくがいつもアダと横になった寝床。シェイダとミルトスが使った寝床。一度はアダとミルトスが一緒に入ったかもしれない寝床。そこに身を横たえた。

恐ろしい晩だった。砦《とりで》で待っていたミルトスの顔。中庭を抜けた時のこと。アダたちの登場。口論と取っ組み合い。何度辿《たど》り直しても、最後は波間に消えてゆく死体に至る。友だちを殺してしまった。

子供の頃から何百日も一緒に遊んだ仲の相手を、女を巡る争いで殺してしまった。何が起こったか知っているのは三人だけ。三人は喋《しゃべ》らない。ミルトスは急にいなくなったことになる。波は彼を運び去った。身寄りもほとんどいないし、独立すると言っていたというし、不審に思う者がいてもやがては忘れるだろう。

しかしぼくは忘れることができない。忘れることは許されない。

彼の声が甦《よみがえ》ったのは三日後だった。

ぼくは落ち着かない気分のまま、怯えながら、仕事に戻った。心のこもらない手を動かし続けた。槌《つち》を持つぼくの右手は彼を殺した手だった。

最初は小さなささやきだった。

「百回のおミサはどうなった？」

誰かが耳元でそう言った。小さいけれどはっきり聞き取れた。ぼくは槌を取り落としそうになった。

また聞こえた──「百回のおミサはどうなった？」

怒る声ではない。脅すわけでもない。静かに、そっと答えを促すように、問い続ける。

「百回のおミサはどうなった？」

それまでぼくは不信心者で、教会になどほとんど行ったことがなかった。教会に行って死んだ友人のためにと言ってお金を寄進すればおミサは挙げてもらえる。それを百回繰り返せば、約束は果たしたことになる。

しかしぼくは教会に行けなかった。

死んだ友人のためのおミサをお願いしますと言って、神父さまにその友人の名はと問われるのが恐かった。死んだと知っているのはぼくたちだけなのだ。

名も無き死者のためのおミサでいいか？

嫌だ！　ちゃんとミルトス・パナヨティスと名を呼んでほしい。名のないミサなど何の慰めにもならない。

おまえは俺を殺したんだぞ。女二人を独占したくて、それで俺を殺した。

それは違う。殺すつもりなんかなかった。ぼくが死んでいたかもしれなかった。

だが、実際には死んだのは俺だった。

そうだ。死んだのはきみだった。

この先、生きたおまえの得る喜びは一つ残らず俺から奪ったものだ。本当は俺が生きて味わうべきだったものだ。

わかっている。

アダと寝るたびに思い出すがいい。シェイダを抱くたびにこの快楽は本当はミルトスのものと思うがいい。

シェイダは抱かない。たぶんもうアダも抱かない……だが、シェイダを抱いて、そこにぼくが快楽を得ることができたとして、その快楽をきみは共有できるのか？　死んでしまったきみの快楽のためにも、きみの幸福のためにも、そういう理由で、ぼくはまたアダを抱くべきなのか？　未《いま》だ知らないシェイダの裸の身体の上に乗りかかるべきなのか？　きみはそれを望むのか？

バカ言え！」そのおまえの味わう快楽を俺は妬《ねた》むばかりだ。そんなこと、決まっているじゃないか。もともと俺は子供の時からおまえを妬みながら生きてきたんだ。

知らなかった。

迂闊《うかつ》な男だな。

死んだミルトスと生きたままのぼくはずっとそういう会話を続けた。彼は死者だからどこへでもついて回った。いつもいつも耳元にいて、仕事場で鑿《のみ》を持つぼくの左手、槌を持つぼくの右手をゆすぶった。ナイフとフォークを持つ手に干渉した。

時としてその声は耐え難かった。たぶんぼく以上に怯えているはずのアダたちからは何の連絡もなかったけれど、もしもアダに会って、彼女を裸に剝《む》いて愛撫《あいぶ》したとしたら、ぼくにそれができるとしたら、アダの腿《もも》を撫《な》でるぼくの右手をミルトスはゆすぶったことだろう。シェイダの重い乳房をつかむぼくの手の動きから快感を盗み取ろうとしただろう。

しかしぼくはもうアダを抱かない。シェイダになど手も触れない。

そう言ってもミルトスはおとなしくならず、「百回のおミサ」を求め続けた。人を一人殺すというのがどういうことか、それから数週間の間に少しずつわかってきた。死んだ者の重さを負って、ミルトスのあの大きな図体《ずうたい》を背中に乗せて、その重みと共に生きていくことだ。

おまえはそうやって仕事場の朋輩《ほうばい》と親しく喋っているのに、俺は腐敗してふくれあがった無様な姿でまだ海を漂っているんだ。おまえは今夜にもアダを呼び出してあの白い肌に唇を寄せることができるのに、俺は魚にかじられるばかりだ。おまえは俺の女だったシェイダの脚を開いて押し入ることができるのに、俺はさっきスエズ運河に向かう貨物船に突き飛ばされた。右足が無くなってしまった。

仕事場の朋輩と親しく喋るといったって、なんでそんなに暗い顔なのだと聞かれてごまかしただけだ。アダやシェイダには会わない。

百回のおミサはどうなったんだ。

ミルトスはこれからずっとぼくにつきまとうつもりのようだった。

ゆっくりと、しつこく、ミルトスはぼくを狂気の方へ押しやった。それは高い崖《がけ》のような地形で、はるか下に荒波の海が見えた。その崖の縁へミルトスはぼくを誘っていた。飛び降りろ、飛んでしまえば楽だ、と言った。

いったいどうすれば百回のおミサが挙げられるのか？

何をすれば百回のおミサを挙げたことになるのか？

おまえが言い出したことだろう。俺を海に流しながら。

それはそうだが……

自分で考えろ。必死になって考えろ。俺を殺した償いがどうすればできるか、百回のおミサとは何か、考えろ。

その答えはこの町にはない。不意にそういう考えが頭に浮かんだ。ここを出て探すしかない。

昔から霊に追われる者、霊の導きを求める者は巡礼に出た。ミルトスもぼくも教会に行ったことなどなかった。ぼくたちを繋《つな》ぐ教会はこの町にはない。償いは労苦だが、その舞台はここアレクサンドリアではない。ここでは生きていたミルトスの思いがあまりに濃い。

この町にいるかぎり、どこでアダに出会わないともかぎらない。シェイダに会って、あの快楽を約束する身体に誘われないともかぎらない。それは百回のおミサの約束に反することだ。百回を二百回にしても取り戻せない過ちだ。

そうだろうと問うと、ミルトスはそうだと答えた。

百回のおミサは教会への寄進の額ではない。金などに換算するな。

では何だ?

自分で考えろ。探せ。悩め。迷え。

何か、奉仕ならば……

知るか。

ぼくは旅に出ることを決めた。決めると後はとても現実的な話になった。わずかな荷物を用意する。師匠や仲間たちには何も言わない。ミノス・サフトゥーリスは消える。ミルトス・パナヨティスが消えたように。若い男が二人この大都会で消滅する。

それだけのことだ。

父親に何も言わないで出発するのは辛《つら》かった。しかし父親にはぼくの弟がいる。ぼくよりずっと堅実な性格で、家業をまちがいなく継ぐ弟がいる。

貧しい旅を二、三年つづけるくらいの蓄えはあった。ぼくは腕のいい職人だったし、いずれは独立するつもりだった。その分を旅に遣うのはなんでもない。

ただ、その全額を持って出立するのは不安がある。泥棒に遭ったらそれっきりだ。百回のおミサを果たすまで旅は続くのだ。

ぼくは弟を呼び出した。

事情があってしばらく修業の旅に出ることになった。危ないことではないから心配はしないように。父さんには言わないで行く。腕を磨いてやがて戻る。だから、ぼくの蓄えを管理し、行く先々に少しずつ送金してほしい。手紙を書くから。

弟は驚いたけれど、ぼくと同じように若かったから、だからこの唐突な衝動を理解した。自分は職人だが兄は芸術家であり気まぐれも許される身だと考えたようだった。

そうやって旅に出て、あちこち巡ったあげく、ぼくはこの村に来た。ずっとミルトスが一緒だった。

自分で修復した礼拝堂の壁にもたれて、ミノスはそこまでゆっくりと囁《ささや》くような声で、でもためらうことなくしっかりと、わたしたち二人に話したよ（とエレニは私に言った）。

弟とわたしは一言も口を挟まずにそこまで聞いた。

「では、ここの修復がつまり、ミルトスに約束した百回のおミサだったんですか？」

とわたしはミノスに聞いた。

「そうだ。これが百回のおミサだ。ここに来てから、ここの修理を始めてから、ミルトスの声は次第に変わっていった。初めの頃のきつい口調がだんだんにおとなしくなり、穏やかに一緒にものを考えるような話しかたになり、時にはぼくの仕事ぶりをほめるようになった。修復の一段階を終えるごとにぼくは一回のおミサを挙げたような満足を感じ、そのたびにミルトスは優しく、思慮深く、浄化されて、崇高になっていった。何か月か前、ぼくは自分が話している相手があの死んだ友人ではなく天使であることに気づいた。やがてそれは聖者たちのどなたかになり、また野にさまよう預言者になり、最後には主その方と話しているようだった。ぼくの方も自分が語りかける相手がもうあの友人ではなく主のように思うようになった。アレクサンドリアのことはほとんど話さず、ぼくの罪のことも言わず、ただ魂の救済のことを話した。この礼拝堂の修復を通じてぼくは信仰を得た。いちばん最初のころは主の名を口にもすまいと思っていたのに、最近ではすべてぼくの口をついて出る言葉は主に向かっての語りかけになった」

そう聞いてわたしは、いつか弟と一緒に聞いたミノスの声を思い出した。たしかに主に向かって語りかけていた。わたしには敬虔《けいけん》な、しかしどこか狂気じみたもののように思われたあの語りかけ。あまりに主に近づきすぎたために人の世の外へ出てしまったようなうわずった声。

「そうして、ここの工事は次第に完成に近づいた。ぼくはこれが主ではなく友人のための仕事であったことを明らかにしようと『ミルトスのために』と彫った小さな銘板を用意して、最後にどこか目立たないところに嵌《は》め込むことにした。主はぼくの仕事を嘉《よみ》されたと思った」

そう言って、ミノスはずっと上の方に目をやった。まるでそこに主が居《まし》まして、慈愛の目で彼を見下ろしているかのように。

「だが、最後になって、邪魔が入った。アダがぼくを見つけてしまった」

ミノスの視線が下がり、自分の目の前の地面をじっと見た。みじろぎもしない。人にこれほど暗い顔ができるのかとぞっとするほど暗い表情だったよ。

「アダがぼくを見つけた。アレクサンドリアに帰ろうと言った。小屋に来てぼくを誘惑し、あの昔の快楽の中へ手をとって連れ戻した。そしてその後で、ことが終わった後で、ぼくがここで友人殺しを贖罪《しょくざい》して本来の自分となってあの都会にアダと一緒に戻れるかと考えはじめた時になって、明け方近く、ミルトスが戻ってきた。もう主の声でも天使でもなく、怨《うら》みと欲情に駆り立てられた、憤るミルトスが還《かえ》ってきた。ぼくの傍らにはアダが眠っていた。快楽の営みの後の静かな美しい眠りに無防備に浸っていた」

ミノスの目は今は正面を見ていた。でもなんにも見ていなかった。わたしの顔を見ても視線はわたしの顔と背後の礼拝堂の壁を通してずっと遠い荒野を見ていた。

「ミルトスが言った、『その女を殺せ』と。一緒にアレクサンドリアに戻ればおまえはまた罪を犯す。その女は罪を誘う。おまえはまた友人を殺す、俺の時のように。だから今ここでその女を殺せ。ぼくはミルトスに逆らった。長い間、声にならない声で彼と議論した。そんなことはできないと言った。できると彼は言う。それがおまえの責務だと言う。現にたった今おまえは誘惑に負けたではないか。俺が負けたのと同じように負けたではないか。その女を殺せ」

かすれた低い声でミノスは早口で喋《しゃべ》り続けた。わたしと弟は石になったように身じろぎもせず聞いていた。聞いているしかなかった。

「最後にぼくはミルトスに負けた。眠っている美しいアダの首に手を掛けた。腕に力がこもった。あんな力はぼくにはない。あれは大柄なミルトスの太い腕の力だった。一瞬で終わった」

わたしはちらっと弟の方を見た。弟はほんの少しだけ身を引いた。わたしは動かなかった。

ミノスはまだじっと壁の向こうの荒野を見ていた。

「ちゃんと埋めてやれよ、とミルトスはぼくに言った。俺の時のように海に流すなよ」

荒野ではなかったよ、ミノスが見ていたのは（とエレニは私に言った）。礼拝堂のすぐ外のあの墓地だ。ロバが繋がれていた横のあの墓地。この修道院で生きてこの修道院で死んだ僧たちを埋めたあの墓地。

「本当にミルトスだったのか、あの声は？」

そう言ってミノスは正面からわたしを見た。わたしはたじろいだ。しかしミノスの目はやっぱりわたしを見てはいなかったよ。あれはもっとずっと遠くを見ていたんだよ。

「あれもまた主の声ではなかったか。そう考えるとぼくは恐い。主は全能の力を持っておられる。それなのになぜこの世に罪というものがあるのか？　悪魔はいない。なぜなら悪魔もまた主だから。人に、非力な人間に、主が許すこと、主が命じること、主が憑《つ》くことなくしてどうして人が殺せるのだ？　おかしいではないか！」

そう言うとミノスはふらふらと立ち上がった。

礼拝堂の中をたよりない足取りで一周し、また同じところに坐《すわ》り込む。

わたしと弟は昨夜あの後で何が起こったのかを知った。恐ろしくて何も言えなかった。

「ぼくはこれからどうすればいいか？　自分を殺すことはできない。どんなに絶望してもそれはできない。さっきからずっと考えていたのはそのことだ。主はそれを許さない。これからもずっと生きたまま、主と対話を続けなければならない。主は時には主のままで、また時にはどなたか聖者となって、天使となって、あるいは悪意に満ちたミルトスとして、現れるだろう。今ぼくがいちばん恐ろしいのはアダの声が聞こえることだ。アダがぼくをなじることだ。それは耐えがたいけれど、しかし耐えるしかない。無間《むげん》の地獄。地獄は人の中にある。つまり主の中にある」

この人は狂っていると思っていいのだろうか？　わたしはそう考えながらじっとミノスを見ていたよ。本当に狂っているのなら憐《あわれ》めばいい。聖なる狂気は違うよ。この人は人間の枠を超えて主の方に近づいてしまった。耐えるしかないと言いながら、人間が耐える限界の外へ踏み出してしまった。負いきれない罪を負った聖者。

ミノスはふっとわたしの顔を見た。ちゃんと焦点の合った、現世の目つきだった。

「頼みがある。村の人たちに、ぼくとアダはアレクサンドリアに帰ったと言ってくれないか？」

「いいですけど」

「ぼくはこのまま去る。小屋のものは適当に始末してくれ。たいしたものはない。大工の道具などはきみが使えばいい」

そう言ってアレクシスの方を見た。

弟はつられてうなずいた。

「どこへ行くのですか？」

「わからない。百回のおミサがぜんぶ崩れてしまった。今は村には戻らず、今朝アダを運んだあのぼくのロバに乗って、あっちに行くよ。できるだけ遠くへ行かなければ」

ミノスが指さしたのは尾根の向こう、海の方だった。その海の先にはたまたま彼とアダの町、アレクサンドリアがあったけれども、そこへ戻るというつもりではなかっただろう。できるだけ遠くというのはこの村からではなく、あのエジプトの都会からなのだろう。わたしはその時そう思った。

「もう一つ」と言ってミノスは弟の方を見た。「あそこに『ミルトスのために』という銘板がある」

そう言ってミノスはイコンを飾った聖障の下を指さした。

「最後の最後にと思って作っておいたんだ。あれを礼拝堂の裏に嵌め込んでくれないか。ぼくにはもうその時間がない。そのためのくぼみは掘っておいたから、モルタルで貼り付けるだけでいい」

「ちゃんとやります」と弟は言ったよ。

ミノスは立ち上がった。先ほどのふらふらした立ちかたではなく、しっかりした足取りで立って、自分が一年かけて再建した礼拝堂の中を見ることもなく、出ていった。わたしと弟はオリーブ材で作った扉の前に立って、ミノスが作った扉の前に立って、彼を見送ったよ。

何一つ荷物を持たずに、少しだけ左足を引くようにして、墓地の方へ行き、その一角にしばらく立っていて、それからロバの綱をほどいて、乗るのではなく曳《ひ》きながら、丘の向こうへ消えた。

9

エレニの長い話は終わった。

私は深いため息をついた。

あの礼拝堂の窓から私が見たものは幻ではなかったのかもしれない。イコンの聖母は本当に涙を流したのかもしれない。親しい二人の死を負ってどこまでもさまようミノスの運命を思って泣かれたのかもしれない。主は主のままで、あるいは時に天使となり、聖者となり、ミルトスともなってミノスに語りかけたかもしれない。しかし、聖母だけは別、聖母だけは主ではなく、ご自分の声でミノスを慰めたのではないか。

それが悲しみの聖母ではないのか。

「わたしと弟は黙ったまま家に戻ったよ」とエレニは話の最後のところを伝えた。「あんまり大きな話を預かってしまって、何も言えなかった。思えばあの後でもわたしとアレクシスはほとんどミノスのことを話さなかったね。やがて弟は職人になると言って家を出て、そのまま帰って来なかった。まさかミノスを捜しに行ったんだとは思わなかったけれど、存外どこかで会っていたかもしれないね」

そう言ってエレニはくくっと笑った。

「それであなたが宿を継いだのか」

「そうだよ。夫はよくやってくれたよ。戦争で大変だった時期にも父が遺《のこ》した宿をきちんと守って、それに子供も授けてくれた。夫は主のもとに召されたが、今は息子のヨルゴが宿を切り回している。わたしはあまり危ない思いをすることもなく、この村を出ないまま、この歳までやってこられた」

ではあの礼拝堂の先の墓所のどこかにアダの遺骸《いがい》が埋められているのか、と私はぼんやり考えた。足が治ったら、ハニアに帰る前にまたあそこに行ってみよう。半世紀前の不運な美女のことを思ってみよう。

「あの日、家に戻って初めにしたのはね、アダが使っていた部屋に行って、きれいな服や化粧道具などをあの人の鞄《かばん》に詰めて屋根裏に運ぶことだったよ。もう発《た》ってしまったという印象にしなければとわたしは思った。気まぐれな都会の人だから思い立ってそのまま、着の身着のままで行ってしまったと言ってもよかったんだが」

「村の人たちは何も知らなかったんですね？」

「ああ。わたしも弟も誰にも何も言わなかった。父にさえほとんど話さなかった。あまりに重い罪の話だと思ったんだよ。村には立派に修復された礼拝堂が一つ残ったんだから、それでよかったのではないかね」

　その建物を私は見たわけだ。

「わたしがアダの荷を整理している間にアレクシスはミノスの小屋の方を片付けて、家財や道具類をやはり家の屋根裏に運んだ。それがそのままあるんだよ、今でも。ミノスはああ言ったけれど道具類を弟は使わなかった。聖遺物だと言って、手入れはしても使いはしなかった」

　その時、私とエレニはカフェの隅に坐《すわ》って話していたのだが、私は思わず天井の、屋根裏部屋の方に視線を走らせた。

「五十年だね。あんたが見たとおり聖母がお泣きになったんだから、やはりミノスとアダのためにおミサを挙げてもらおうかね。ミルトスのためには百一回目のおミサになるわけだからね」

私はそのミサに出られなかった。

足の傷はだいぶ癒《い》えて歩く支障はなくなったし、車のクラッチもちゃんと踏める。ハニアの宿、メトヒ・キンデリスもずっと放置してあるし、それに休暇を終えて国に帰る日も迫ってきた。カフェに坐ってエレニの話を聞いているだけの奇妙な日々だったけれども私は心から満足していた。

「怪我《けが》をした上に年寄りの昔話を聞かされるだけで、情けない休暇だったね」

ミサには出ないで帰ると私が言うと、エレニはからかうような口調でそう言った。

「いや、あなたの話を聞くだけでもここまで来た甲斐《かい》があったよ。それに怪我をしなければ話は聞けなかった」

「そうだよ。あんたは聖母から遣わされたのさ。憐《あわ》れなミノスのために、憐れなアダとミルトスのために、おミサを挙げなさいとわたしに伝えるためにね」

「エレニ、あなたは偉いと思う」

「年寄りをからかう気かい？」

「いや、本気だ。アダやシェイダの派手な都会の暮らしのことを聞いても、そんなものに動かされずにここで堅実に生きてきた。きちんと子を育てて、宿を守って、村の人々の心の柱となってきた」

「何を言うんだね、この人は」

「本当のことだ」

「わたしの力じゃないよ。聖母のお力さ。それにミノスの。わたしは何か困ったことに出遭うとあの礼拝堂に行った。そしてあの聖母にお祈りしたよ、ミノスが描いたイコンに。それでようやく今までやってこられたのさ」

「出発前にもう一度行って見てくる」

「ああ、扉の鍵《かぎ》を持っていくといいよ。窓から覗《のぞ》くのは危ないからね」

「わかった。話は違うが、シェイダはどうなったんだろう？」

「さあね。カイト・ベイで本音を言ってしまったんだから、アダの侍女という仕事は辞めたんだと思うよ。そうでなければアダが一人でここまで来るはずがないから。性格に合った生きかたをしたんじゃないかね。男たちが遊ぶ館《やかた》の女主人とか」

「なるほど」

「いやだよ、わたしったら。そんなはしたないことは言うつもりじゃなかったのに。まあ、いずれにしても遠い昔の話だよ。百一回目のおミサが最後のおミサさ。あとはみな主の御許《みもと》で再会して言いたいことを言えばいい」

　その翌日、私は自分で車を運転して廃墟《はいきょ》となった旧修道院の入り口まで行き、歩いて礼拝堂まで行った。エレニから借りた鍵で扉を開き、中に入った。

夏なのに中はひんやりしていた。

会衆席と内陣を隔てる聖障の前に立って、聖母のイコンを見た。信仰のない私には拝むことはできない。しかしこのイコンの持つ力を感じとることはできた。

窓から覗き見た時とはずいぶん印象が違った。単に見る角度の問題ではないような気がした。前はいかにも悲しげで、だから私は涙を見たと錯覚したのだが、今回はいかにも満ち足りた、慈愛にあふれたお顔に見えた。エレニがミノスたちのことを思い出してミサを挙げると決めたことを喜んでおられるのだと私は解釈した。

外に出て扉の鍵を閉め、礼拝堂の裏側にある「ミルトスのために」という銘板をもう一度見た。とても品のいい書体だった。

それからぶらぶらと墓地の方へ行った。

エレニははっきりは言わなかったが、あの日の朝早く、ミノスは死んだアダをロバに乗せてここまで運んで埋葬したはずだ。

墓地は荒れて、立っている墓碑はほとんどなかった。ミノスは礼拝堂を修復中に見つけた高位の僧の遺骸もここに埋めたのではなかったか。

どこにもそれらしいものはなかった。エレニは何も言っていなかった。

そう思って半ば諦《あきら》めながら歩いていくと、いちばん隅の方、並び立つ糸杉の陰、崩れかけた塀のすぐ手前に、小さな四角い石が立っていた。何か彫ってあるのだが半分は埋もれ、残りも土にまみれて見えない。掘り出すようにして指で探るとようやく読めた――

'Αδαμαντία
'Αριστοπούλου
1915–1936

アダというのは愛称で、正しくはアダマンディアという名だった。亡くなった時、彼女はまだ二十一歳だった。

宿に戻ってエレニに鍵を返した。

「いろいろお世話になったし、よい話を聞かせてもらった。ありがとう」

「お客の世話をするのは宿屋の仕事だよ。まして怪我人となるとね。話をしたのは聖母さまのお言いつけに従っただけさ」

「それはともかく、よいおミサになるよう祈っています。アダのお墓でもおミサはするの？」

「アダのお墓はないよ」

「あった。さっき見つけた。名前と生没年が彫ってあった。アダマンディア・アリストプルー。一九一五年に生まれて一九三六年に死んだとあった。とても小さな墓碑だよ。『ミルトスのために』という礼拝堂の銘板よりもっと小さい」

エレニは本当に驚いた顔をした。

「ミノスがあの墓地のどこかにアダを埋めたのは知っていたよ。すぐに行けば土の色でわかったかもしれない。でもわたしもアレクシスも恐いから行かなかった。ミノスを見送った後、そのまま村に帰った。その後も墓地には近づかなかった」

「ずっと後になってアレクシスが造ったとか？」

「正しい名前や生没年なんか弟もわたしも知らなかった。アレクシスじゃないよ。あの時ミノスにはそんなことをしている時間はなかった」

「じゃあ……」

「ミノスがまた来たんだね、こっそり。そうとしか考えられない」

その時になって気づいてみると、あの墓碑の書体は「ミルトスのために」という銘板の品のいい書体と同じだった。

ミノスが来たのは満月の夜だったのではないだろうか、と私は想像した。ミルトスが死んだ夜のような明るい満月の夜。

苦しい遍歴の旅の途中でミノスはここに戻り、用意しておいた墓碑を記憶にある埋葬の場所に立てて、たぶん最初から目立たぬよう半ばまで埋めるような形で立てて、その前で祈った。その場にはミルトスの霊が居合わせただろう。シェイダは居なかっただろう。あるいはアダの霊も甦《よみがえ》って自分の墓の前に立ったかもしれない。

その光景を想像しながら、私は彼らの村を、ミノスとアダ、ミルトス、それに誰よりもエレニとアレクシスの村を、後にした。

解説

中島京子

年をとると、知り合いが次々あの世に逝ってしまうので、あちら側を遠い世界とも思えなくなってくる。そんな話をしてくれたのは誰だったか。昔、自分の周りには老いた伯父《おじ》や伯母《おば》がたくさんいて、遊びに行くといろんなことを話してくれたものだった。気がつけば一人一人、みんな鬼籍に入ってしまったけれど、たぶん、あのやさしかった伯父伯母たちのうちの誰かだろう。

いまや姪甥《めいおい》が遊びに来るたびに、今日はどんな可笑《おか》しい話をしてやろうかなどと考えている私のほうが、老いた叔母《おば》への道をまっしぐらに進みつつある。いやまだ老いたというほどではと、鏡を覗《のぞ》き込んでカラーリングの落ちかけたつむじあたりを眺めるのだが、伯父さんの髪が黒かった時代もあったことを、私だって覚えていないわけではない。

年のせいばかりではないのかもしれない。一昨年《おととし》（二〇一一年）三月の東日本大震災は、死と生の境界の明確さと、それと同時に存在する、その境界の曖昧《あいまい》さのようなものを、同時に刻みつけた。たったいままであった生が失われる厳しさと、たったいままでそこにあったからこそ、失われた先にある死というものを、生とまったく切り離された虚無や闇のようには考えられない、という感慨を。

本書には、二つの中編が収められている。

「星に降る雪」の舞台は日本で、岐阜の山奥。「修道院」の舞台はギリシャのクレタ島にある小さな村だ。灰色の雪が降ってくるという日本の内陸部と、「気候がよくて食事がうまい」「夏の休暇」にうってつけのクレタでは、作品の持つ雰囲気も登場人物も違う。けれど、二作品に通底するのは、親友の死に立ち会ったという、主人公の体験だ。

大事な人の死が主人公の人生を変えてしまう。けれどこうした設定から思い浮かべがちな、大事な人の死が主人公の人生に「影を落とす」というのとは、なにかとても違うのである。

強いていうなら、死が生を輝かせるような、それと同時に生も死を輝かせるような、あるいはそれも通り越して、生きていることとその先の何かが、切れ目はおろか、つなぎ目すらも見せなくなって、満天の星や地中海の夏の光を思わせながら煌《きら》めくような、そんな感覚を味わった。

「星に降る雪」の語り手田村は、岐阜県神岡の天文台で技師をしている。登山中の雪崩で親友の哲之を失った過去を持ち、その雪に埋もれて自分も死にかけた体験が、「星とつながるという幻想。むしろ妄想」を与えてくれるニュートリノ望遠鏡に彼を惹《ひ》きつけている。哲之は、かつてパラグライダーで事故に遭い、気流にもみくちゃにされながら、いまに「星々からの迎えの船」が来るというメッセージを受け取った。それがその船が「今やって来たみたいだ」と田村に伝え、雪の中で息を引き取った。それが田村の胸を離れず、以来、「星からのメッセージ」を待つようになった。

そんな彼を、ある日、亜矢子という女性が訪ねてくる。哲之の恋人だった亜矢子はしかし、「星のメッセージ」の話を受け入れられない。同じように雪崩と哲之の死に遭遇しつつも、彼女はその辛《つら》い記憶から抜け出し、前を向き、地に足をつけて生きようとする。

亜矢子が何かと「つながる」方法は田村よりずっと直接的だ。彼女においてはセックスが人同士をつなぐ大事な儀式なのだ。二人の対比は印象的で、しかし、この生命力に満ちた女性を生への衝動（エロス）、田村の行動を死への衝動（タナトス）と図式化してしまうのは、なんだかずれている気がする。読んでいると、この世ならぬ世界というのがどこかにたしかにあるのかもしれなくて、「星のメッセージを待つ」という生も、それはそれでありなような気がしてきてしまう。もっと下世話な読み方を許してもらえるならば、田村と哲之の生死を越えた友情には、一種エロティックなものすら感じてしまう。
そしてこの作品を読むと多くの読者が、やはりチェレンコフ光とニュートリノが出てくる芥川賞《あくたがわしょう》受賞作「スティル・ライフ」の〈ぼく〉と〈佐々井〉の会話を思い出さずにはいられないだろう。

もう一編の「修道院」では、複数の語りが入れ子になっている。作者を思わせる日本人の「私」が休暇でクレタへ行き、小さな村の古い修道院を訪れる。覗《のぞ》き込んだ窓の奥の聖母マリアの頰に、涙が伝うのを見たように思った瞬間、「私」は足下の石を踏み外し、転倒して足を挫《くじ》いて村の宿に居つくことになり、宿の主の母親から昔話を聞かされる。老婆が語るのは、彼女が少女の頃に村に流れ着いて礼拝堂の修復を一人で行い、聖母マリアのイコンを描いたミノスという男の話。ミステリアスに進む物語はアダという女性の登場で山場を迎え、次に、ミノスの打ち明け話という形で舞台はアレクサンドリア（ロレンス・ダレルが〈四重奏〉で描いた、愛と性の渦巻く美しい都会）に移る。ミノスと彼の親友ミルトス、そして運命の女性アダの関係が活写される。たった一五〇頁ほどの小説に、かくも長い時間が流れ、濃い男と女の物語が語られるかと思うと眩暈《めまい》がするほどで、たっぷり五〇〇頁はある長編を読み終えたようにな充足感だ。

ところで、この小説でも主人公のミノスは親友のミルトスを目の前で失う。しかも尋常ではない形で。そしてミノスも、ミルトスからのメッセージによって、その後の生を生きることになる。親友を雪崩で失った「星に降る雪」の田村と比べても、「修道院」のミノスの生は苦しい。親友ミルトスとの関係においても、美しいアダとの関係においても、彼は許されざる罪を犯すから。彼の、その後の生とは、罪人の生に他ならないのだから。

けれどももちろん、小説は罪を告発したり罰したりするために書かれるわけではない。ミノスという男の生涯が、ただ、語られる。そしてその生は、賑《にぎ》やかでどこか猥雑《わいざつ》な大都会アレクサンドリアでの青春にも、彼が過去を断ち切って流れてきたクレタでの静謐《せいひつ》な日々にも、アダとの再会がもたらした新たな悲しみの先に読者が想像するミノスのその後にも、生きるということの、むっちりと充実した手ごたえがある。後に年老いて語り手の一人となる少女と、その弟の初めての恋にも。

親友の死。「死」が物語の中心にあるにもかかわらず、あるいは、だからこそと言うべきなのだろう、二つの小説からは、「生」の強さや火照りが立ち上ってくる。ことに「修道院」は、地中海の美しい島が舞台だからだろうか。惜しげもなく肌を太陽に晒《さら》した男たち女たちの、むせかえるような生命力が漂ってくるのだ。

冒頭に「私」はギリシャの友人の言葉を引いてこんなふうに書く。「アテネの連中はもう水で割ったミルクでしかない。それでもクレタの人たちは今も濃いクリームだ」そう、ここに描かれるのは「濃いクリーム」の物語なのだ。

そしてここで「クリーム」と書いたからには、私がとても好きないくつかの箇所にも触れずにはいられない。私にとってはまさに、それこそが生の喜びと直結すると感じられる部分でもある。それは、ここに登場する食べ物の描写だ。

クレタの西にあるハニアという町の市街地を抜けたところにある貸別荘で、「私」は春の名残りの苺《いちご》を「毎日大きなボウルにいっぱい」振る舞われる。「庭の芝生に椅子と小さなテーブルを出して、けだるい午後の時間を苺と白のワインと読書で過ごす。やがて人格ぜんたいが苺の匂いを放つようになった。」なんというすばらしい人格！

海水浴場近くのレストランでは、「オリーブをつまみ、エビを食べ、タコを食べ、サラダをもらい、小振りの鱸《すずき》を塩焼きで口に運びながら、ワインを一本空ける。レッツィーナという松脂《まつやに》の香りをつけたギリシャ特産の白がこの魚に合っていた。いい匂いが立つ焼魚にレモンを搾っているとなかなか満ち足りた気分になった。固い重いパンがうまい。」そして、足を挫いてから居つくことになる宿屋でも、クレタでしか作らない、グラッパに似た「ラキ」というお酒を飲む。「しかしそのラキはうまかった。

地元の赤のワインもうまかった。どうせ今日はここに坐っているしかない。私は酔い、みんなが酔い、誰かが歌い、誰かがバイオリンとクラリネットを持ち出し、みんなが立って踊った。怪我をしている私は踊れなかった。その代わり目の前に出てくる料理をどんどん食べた。」さらに、一晩寝て目覚めた朝には、「朝食はパンとコーヒー、オレンジ。パンには小皿に載せたバターと蜂蜜《はちみつ》が添えてあった。皿の上でバターと蜂蜜を捏《こ》ねてからパンに塗る。ヴーティロメリというこの食べかたが私は好きだ。オレンジは地元の産らしい。」

こうしておいしいものをたっぷり食べた「私」は、土地の物語に耳を傾ける。物語そのものが持つ豊かさは、まさに濃厚なクリームのように読み手に深い味わいを残す。アダのためにミノスが祈りを捧《ささ》げる月の夜を想像しながら、「私」が村を後にするところで「修道院」は終わる。「星に降る雪」は田村がさらに星/雪のメッセージに近い場所へと旅立つことを示唆して終わる。

生の煌めきのそのまた先にも肯定的な光が射すようなラストに、もしかしたらその「先」というものを、信じてもいいような気持ちになってくる。

本書は二〇〇八年三月、小社より『星に降る雪／修道院』
として刊行された単行本を、改題し文庫化したものです。

星《ほし》に降《ふ》る雪《ゆき》

池澤夏樹《いけざわなつき》

平成25年 2月25日　初版発行
令和6年 11月25日　10版発行

発行者●山下直久

発行●株式会社KADOKAWA
〒102-8177　東京都千代田区富士見2-13-3
電話　0570-002-301（ナビダイヤル）

角川文庫 17813

印刷所●株式会社KADOKAWA
製本所●株式会社KADOKAWA

表紙画●和田三造

●お問い合わせ
https://www.kadokawa.co.jp/（「お問い合わせ」へお進みください）
※内容によっては、お答えできない場合があります。
※サポートは日本国内のみとさせていただきます。
※Japanese text only

ISBN978-4-04-100565-1　C0193

◆◆◇

角川文庫発刊に際して

角川源義

第二次世界大戦の敗北は、軍事力の敗北であった以上に、私たちの若い文化力の敗退であった。私たちの文化が戦争に対して如何に無力であり、単なるあだ花に過ぎなかったかを、私たちは身を以て体験し痛感した。西洋近代文化の摂取にとって、明治以後八十年の歳月は決して短かすぎたとは言えない。にもかかわらず、近代文化の伝統を確立し、自由な批判と柔軟な良識に富む文化層として自らを形成することに私たちは失敗して来た。そしてこれは、各層への文化の普及滲透を任務とする出版人の責任でもあった。

一九四五年以来、私たちは再び振出しに戻り、第一歩から踏み出すことを余儀なくされた。これは大きな不幸ではあるが、反面、これまでの混沌・未熟・歪曲の中にあった我が国の文化に秩序と確たる基礎を齎らすためには絶好の機会でもある。角川書店は、このような祖国の文化的危機にあたり、微力をも顧みず再建の礎石たるべき抱負と決意とをもって出発したが、ここに創立以来の念願を果すべく角川文庫を発刊する。これまで刊行されたあらゆる全集叢書文庫類の長所と短所とを検討し、古今東西の不朽の典籍を、良心的編集のもとに、廉価に、そして書架にふさわしい美本として、多くのひとびとに提供しようとする。しかし私たちは徒らに百科全書的な知識のジレッタントを作ることを目的とせず、あくまで祖国の文化に秩序と再建への道を示し、この文庫を角川書店の栄ある事業として、今後永久に継続発展せしめ、学芸と教養との殿堂として大成せんことを期したい。多くの読書子の愛情ある忠言と支持とによって、この希望と抱負とを完遂せしめられんことを願う。

一九四九年五月三日

角川文庫ベストセラー

きみが住む星

池澤夏樹
写真／エルンスト・ハース

成層圏の空を見たとき、ぼくはこの星が好きだと思った。ここがきみが住む星だから。他の星にはきみがいない。鮮やかな異国の風景、出逢った愉快な人々、恋人に伝えたい想いを、絵はがきの形で。

キップをなくして

池澤夏樹

駅から出ようとしたイタルは、キップがないことに気が付いた。キップがない！「キップをなくしたら、駅から出られないんだよ」。女の子に連れられて、東京駅の地下で暮らすことになったイタルは。

そんなはずない

朝倉かすみ

30歳の誕生日を挟んで、ふたつの大災難に見舞われた鳩子。婚約者に逃げられ、勤め先が破綻。変わりものの妹を介して年下の男と知り合った頃から、探偵にもつきまとわれる。果たして依頼人は？ 目的は？

スモールトーク

絲山秋子

ゆうこのもとをかつての男が訪れる。久しぶりの再会になんの感慨も湧かないゆうこだが、男の乗ってきたクルマに目を奪われてしまう。以来、男は毎回エキゾチックなクルマで現れるのだが——。珠玉の七篇。

ニート

絲山秋子

どうでもいいって言ったら、この世の中本当に何もかもどうでもいいわけで、それがキミの思想そのものでもあった——（「ニート」）現代人の孤独と寂寥、人間関係の揺らぎを描き出す傑作短篇集。

角川文庫ベストセラー

ためらいの倫理学
戦争・性・物語

内田樹

ためらい逡巡することに意味がある。戦後責任、愛国心、有事法制をどう考えるか。フェミニズムや男らしさの呪縛をどう克服するか。原理主義や二元論と決別する「正しい」おじさん道を提案する知的エッセイ。

疲れすぎて眠れぬ夜のために

内田樹

疲れるのは健全である徴。病気になるのは生きている証し。もうサクセス幻想の呪縛から自由になりませんか？　今最も信頼できる思想家が、日本人の身体文化と知の原点に立ち返って提案する、幸福論エッセイ。

街場の大学論
ウチダ式教育再生

内田樹

今や日本の大学は「冬の時代」、私大の四割が定員を割る中、大学の多くは市場原理を導入し、過剰な実学志向と規模拡大化に向かう。教養とは？　知とは？　まさに大学の原点に立ち返って考える教育再生論。

世界屠畜紀行
THE WORLD'S SLAUGHTERHOUSE TOUR

内澤旬子

「食べるために動物を殺すことを可哀相と思ったり、屠畜に従事する人を残酷と感じるのは、日本だけなの？」アメリカ、インド、エジプト、チェコ、モンゴル、バリ、韓国、東京、沖縄。世界の屠畜現場を徹底取材!!

ドミノ

恩田陸

一億の契約書を待つ生保会社のオフィス。下剤を盛られた子役の麻里花。推理力を競い合う大学生。別れを画策する青年実業家。昼下がりの東京駅、見知らぬ者同士がすれ違うその一瞬、運命のドミノが倒れてゆく！